# सत्यजित राय

2 मई, 1921 को गड़पार रोड, दक्षिणी कलकत्ता (बंगाल) में जन्म। पिता सुकुमार राय एक प्रतिष्ठित व्यक्ति थे।

प्रारम्भिक शिक्षा घर पर हुई। पाँच साल की आयु में माँ सुप्रभा राय के साथ भवानीपुर में नाना के घर जाकर रहने लगे। सन् 1936 में बालीगंज गवर्नमेंट हाईस्कूल से मैट्रिक पास किया। इसके बाद प्रेसीडेंसी कॉलेज और शान्तिनिकेतन से शिक्षा ग्रहण की।

बांग्ला फ़िल्मों के अन्तरराष्ट्रीय ख्यातिप्राप्त निर्देशक होने के साथ-साथ उच्च कोटि के संगीतकार, चित्रकार, छायाकार, पत्रकार और लेखक। बच्चों के लिए विशेष तौर पर काम किया है।

'पथेर पांचाली' उनकी विश्वप्रसिद्ध बांग्ला फ़िल्म है। हिन्दी सिनेमा को भी उन्होंने 'सद्गति' और 'शतरंज के खिलाड़ी' जैसी फ़िल्में दीं। अपनी कला-मर्मज्ञता के कारण वे कई उच्चस्तरीय राष्ट्रीय व अन्तरराष्ट्रीय समितियों के पदाधिकारी रहे। भारत के सर्वोच्च नागरिक सम्मान 'भारत रत्न' और ऑस्कर समेत अनेक सम्मानों, पुरस्कारों से सम्मानित।

**निधन :** 23 अप्रैल, 1992

# सुजन हरबोला

सत्यजित राय

बांग्ला से अनुवाद

अमर गोस्वामी

रेमाधव पेपरबैक्स

रेमाधव पेपरबैक्स में
**पहला संस्करण :** 2023



---

**रेमाधव पेपरबैक्स :** उत्कृष्ट साहित्य के जनसुलभ संस्करण

---

रेमाधव पब्लिकेशन्स प्राइवेट लिमिटेड
जी-17, जगतपुरी, दिल्ली-110 051
द्वारा प्रकाशित

**शाखाएँ :** अशोक राजपथ, साइंस कॉलेज के सामने, पटना-800 006
पहली मंजिल, दरबारी बिल्डिंग, महात्मा गांधी मार्ग, प्रयागराज-211 001

वेबसाइट : www.remadhav.com
ई-मेल : contact@remadhav.com

बी.के. ऑफसेट
नवीन शाहदरा, दिल्ली-110 032
द्वारा मुद्रित

**मूल्य :** ₹ 199

SUJAN HARBOLA
*Stories by* Satyajit Ray
*Translated by* Amar Goswami

ISBN : 978-81-89850-98-2

# अनुक्रम

# सुजन
# हरबोला

# सुजन हरबोला

**सुजन** के घर के पीछे एक सहजन का पेड़ था। उस पर एक मैना रहती थी। सुजन जब आठ साल का था तब एक दिन उसने मैना की बोली सुनकर मन में कहा—'आहा, इस चिड़िया की आवाज कितनी मीठी है। कोई आदमी क्या कभी इस तरह गले से आवाज निकाल सकता है?' सुजन उसी दिन से मैना की आवाज की नकल करने लगा। एक दिन अचानक उसने पाया कि उसकी पुकार सुनकर जवाब में वह मैना भी कुछ बोली थी। वह समझ गया कि मैना की बोली ठसने सीख ली है। उसकी माँ दयामयी भी यह सुनकर बोली, "शाबाश बेटा, किसी आदमी के गले से मैंने कभी किसी चिड़िया की ऐसी बोली नहीं सुनी।" सुजन यह सुनकर बहुत खुश हुआ।

सुजन के पिता का नाम दिवाकर था, उसकी किराने की दुकान थी। सुजन की बड़ी बहन की शादी हो गई थी, और उसके बड़े भाई की मौत तीन साल

पहले हो चुकी थी। सुजन ने उसे देखा नहीं था। सुजन की माँ बहुत सुन्दर थी। सुजन को भी माँ जैसा ही रूप मिला था। उसका रंग भी गोरा था।

दिवाकर चाहता था, सुजन पढ़-लिख जाए। इसीलिए उसने सुजन को हारान पंडित की पाठशाला में भर्ती कर दिया था। लेकिन सुजन का मन पढ़ाई में नहीं लगता था। वह अपना बस्ता लेकर पाठशाला में चुपचाप बैठा रहता और पेड़ों पर बैठी चिड़ियों की आवाज सुनकर मन-ही-मन उनकी आवाज की नकल करने के बारे में सोचता। पंडितजी जब उसे पाँच का पहाड़ा सुनाने के लिए कहते तो वह कहता—'पाँच एक्कम पाँच, पाँच दूना बारह, पाँच तिगुने अठारह।' पंडितजी ने उसका कान पकड़कर कक्षा में खड़ा कर दिया। उस हालत में खड़े-खड़े उसका मन पेड़ों पर बैठी तरह-तरह की चिड़ियों की बोलियों पर चला गया। वह सोचने लगा, न जाने कब इस पाठशाला से छुट्टी पाकर इन सभी चिड़ियों की बोली की नकल करने का उसे मौका मिलेगा।

तीन साल पाठशाला में पढ़ने के बाद भी जब वह पढ़ाई में एकदम कच्चा ही रहा तो एक दिन हारान पंडित ने दिवाकर की दुकान पर जाकर शिकायत की—"तुम्हारे लड़के की खोपड़ी में पढ़ाई घुसाने की ताकत किसी में नहीं है। मेरी राय है कि तुम उसे पाठशाला छुड़ा दो। तुम्हारी तकदीर खराब है अन्यथा तुम्हारा बेटा ऐसा क्यों होता? कितने ही लड़के मजे से पढ़ना-लिखना सीखकर लायक बन गए।"

दिवाकर क्या करता! उसने अपने लड़के को बुलाकर पूछा, "तूने इतने दिनों से पाठशाला में क्या सीखा?"

"मैंने बाईस प्रकार की चिड़ियों की बोलियाँ सीखी हैं, पिता जी!" सुजन ने कहा, "मेरे पाठशाला के पिछवाड़े एक बरगद का पेड़ है, जिसपर कई प्रकार की चिड़ियाँ आकर बैठती हैं।"

"क्या तू हरबोला बनना चाहता है?" दिवाकर ने पूछा।

"हरबोला? वह क्या होता है?"

"हरबोला तरह-तरह की चिड़ियों की बोली मुँह से बोल सकता है। वे लोग सबके सामने अपना यह हुनर दिखाकर रोजगार करते हैं। तूने जब पढ़ना-लिखना सीखा ही नहीं, तो दुकान में बैठकर भी तू कुछ काम नहीं कर पाएगा। हिसाब भी तुझसे करते नहीं बनेगा। तू मेरी कोई मदद नहीं कर सकता।"

सुजन उसी दिन से हरबोला बनने की कोशिश में लग गया। वह वन-जंगल, नदी-तट और खुले मैदानों में घूमते हुए चिड़ियों और जानवरों की बोली सुनकर उनकी नकल करने में जुट गया। ऐसा करते हुए वह जरा भी नहीं थकता था। उसकी सेहत भी अच्छी थी। वह खूब पैदल चल सकता था, पेड़ों पर चढ़ सकता था और मजे से तैर सकता था। उसकी आवाज सुनकर जब कोई चिड़िया जवाब देती थी तब वह खुशी से झूम उठता था। उसे लगता सारी चिड़ियाँ उसकी दोस्त हैं। उसने खुले मैदान में बैठकर गाय, बछड़े, बकरी, भेड़ आदि से उनकी बोली में बात की थी। उन्होंने भी उसकी बातों का जवाब दिया था। उसके रँभाने की आवाज सुनकर निस्तारिणी बुढ़िया को लगता कि उसकी धौली गाय का बछड़ा अचानक लौट आया है। वह उसे देखने के लिए घर से बाहर निकल आती। जब सुजन रेंकता तो मोती धोबी का गधा भी अपनी गरदन उठाकर, कान खड़े करके जवाब में रेंकने लगता। घोड़े की हिनहिनाहट का भी सुजन उस्ताद हो गया था। वह जब जमींदार हालदार के घर के बाहर खड़े होकर हिनहिनाहट की आवाज निकालता तो साईस करीम मियाँ चक्कर में पड़ जाता कि उसका घोड़ा तो चुपचाप खड़ा है, तो फिर बाहर किसका घोड़ा हिनहिना रहा है?

बाकी चिड़ियों की बात क्या की जाए, सुजन अपने गले से कुछ नहीं तो सौ तरह की चिड़ियों की आवाज निकाल सकता था। इनमें कौआ, चील, गौरैया, शालिक, कोयल, मैना, कबूतर, उल्लू, तोता, दोयल, बुलबुल, टुनटुनी, कठफोड़वा की चड़खोदनी, घुग्घू—न जाने कितनी चिड़ियाँ थीं। सुजन ने पिछले कुछ-एक सालों में ही ढेर सारी चिड़ियों की बोली की हू-

ब-हू नकल कर ली थी। उसकी बोली सुनकर चिड़ियाँ भी चक्कर में पड़ जाती थीं, तो आदमियों की कौन कहे!

सुजन की उम्र अब क्या रही होगी? जो भी हो वह बड़ा हो चुका था। उसे अब बच्चा नहीं कहा जा सकता था। अब वह जवान हो गया था। उसमें खूब ताकत आ गई थी, वह शरीर से भी हट्टा-कट्टा था। एक दिन उसके पिता ने कहा, अब तेरी कुछ कमाने-धमाने की उम्र हो गई है। आज इस काम से कुछ कमाई का हिसाब कर। पड़ोस के गाँव में कार्तिक हरबोला रहता है, उससे जाकर कह तेरे भी काम का कहीं जुगाड़ लगा दे। ऐसा न भी हो, तब भी उसके साथ कुछ दिन बिता। कुछ और सीख जाएगा तो तू खुद ही अपना रास्ता तलाश लेगा।

पिता के कहने पर सुजन ने कार्तिक हरबोला से भेंट की। कार्तिक की उम्र चालीस से ज्यादा थी। वह बीस साल से हरबोला का काम कर रहा था। लेकिन सुजन ने देखा कि वह जितने प्रकार की बोली जानता था, कार्तिक उसका आधा भी नहीं जानता था। सुजन कुछ दिनों से नाक से शहनाई की आवाज भी निकालने लगा था। उसके साथ डुगी-तबले की आवाज भी। उसने झिंगुर की बोली भी सीख ली थी। वह मुँह से घुँघरू की आवाज भी निकालने लगा था। कार्तिक को यह सब कुछ भी नहीं आता था। वह सुजन के करतब देखकर हैरत में पड़ गया। मगर उसने सुजन की जरा भी तारीफ नहीं की क्योंकि उसे सुजन से जलन हो रही थी। उसने सिर्फ इतना कहा, “मैं किसी को शागिर्द नहीं बनाता। तुम्हें जो सीखना है खुद ही सीखो।”

सुजन ने कहा, “आपने कैसे यह सब शुरू किया था, अगर इसे बता दें तो मुझे थोड़ी सुविधा हो जाएगी।”

कार्तिक ने इसे बताने में आनाकानी नहीं की। उसने कहा, “मैंने पहली बार तेरह साल की उम्र में जन्तिपुर के राजमहल में जाकर हरबोले का हुनर दिखाया था। राजा ने खुश होकर मुझे इनाम दिया। तभी से मेरा नाम मशहूर हो गया। अगर तुम भी किसी राजा को खुश कर सको तो तुम्हारा काम बन

जाएगा। मगर मैं इसमें तुम्हारी कोई मदद नहीं कर सकता।"

सुजन और क्या करता! वह किसी को जानता नहीं था। कहाँ के किस राजमहल में जाकर वह अपना हुनर दिखाए? उदास होकर वह अपने गाँव लौट आया।

सुजन के गाँव का नाम खीरा था। उसकी उत्तर दिशा में तीन कोस दूर एक बड़ा मैदान पार करने के बाद घना जंगल पड़ता था, जिसका नाम चाँड़ाली था। चाँड़ाली के जंगल में जितने किस्म की चिड़ियाँ और जानवर थे, उतने और कहीं नहीं थे। सुजन एक दिन उस जंगल में चला गया। जानवरों से उसे कोई डर नहीं लगता था। और चिड़ियों की तो कोई बात ही नहीं थी। उस जंगल में जाकर तीन अनजानी चिड़ियों की आवाज उसने सुनी। जब सूरज सिर के ठीक ऊपर से पश्चिम की ओर ढलने लगा था, ऐसे समय सुजन को घोड़ों के टापों की आवाज सुनाई पड़ी। उसने हिरनों के एक झुंड को भी भागते हुए देखा।

कुछ देर बाद ही सुजन ने देखा जंगल के बीच से घोड़े पर बैठे एक राजा चले आ रहे थे, उनके साथ पाँच-सात घुड़सवार भी थे। वे उनके पीछे-पीछे आ रहे थे। अचानक सुजन घबड़ा गया क्योंकि जंगल में उसने किसी और आदमी को देखने की बात सोची ही नहीं थी। इतना वह समझ गया था कि राजा बहादुर शिकार पर निकले हैं।

राजा भी सुजन को देखकर चकित हो गया।

राजा ने अपने घोड़े को लगाम लगाकर हाँक लगाते हुए पूछा, "तू कौन है रे?"

सुजन ने हाथ जोड़कर अपना नाम बताया।

"इस जंगल में तू अकेला ही घूम रहा है, क्या तुझे बाघ का डर नहीं?"

सुजन ने सिर हिलाकर इनकार किया।

"तो क्या इस जंगल में बाघ नहीं हैं?" राजा ने पूछा, "मैंने तो सुना

था चाँड़ाली के जंगल में काफी बाघ रहते हैं।"

"आपको बाघ चाहिए?"

"बिलकुल। देख ही रहा है, मैं शिकार पर निकला हूँ। बाघ के अलावा भी क्या शिकार होता है?"

"आप लोगों को अभी तक कोई बाघ नहीं मिला है?"

"नहीं। हिरणों के अलावा और कुछ नजर नहीं आया।"

"ओह!"

सुजन ने कुछ देर सोचा, फिर उसने कहा, "बाघ तो है और उस बाघ की दहाड़ भी आपको सुना सकता हूँ, मगर आप क्या उस बाघ को जान से मार देंगे?"

"जरूर! शिकार का मतलब ही है जानवरों को मारना।"

"मगर बाघ ने आपका क्या बिगाड़ा है जो आप उसे मारेंगे?"

दरअसल वे राजा बहुत भले थे। वे क्षण-भर कुछ सोचकर बोले, "ठीक है, मैंने तेरी बात मान ली। मैं बाघ को मारूँगा नहीं। उसने सचमुच मेरा कोई नुकसान नहीं किया है। मगर बाघ के होने का प्रमाण कहाँ है?"

सुजन ने तब अपनी दोनों हथेलियों को चोंगे की तरह करके अपने शरीर को सामने की ओर झुकाकर अपने फेफड़ों में जोर से साँस भरकर गरजने की आवाज निकाली। हूबहू बाघ की दहाड़। पल-भर बाद ही जंगल के भीतर से वैसी ही जोरदार दहाड़ सुनाई दी।

राजा को ताज्जुब हुआ।

"तुझमें तो अजब क्षमता है," राजा ने कहा, "तेरा घर कहाँ है?"

"जी, मेरे गाँव का नाम खीरा है। यहाँ से तीन कोस दूर पड़ता है।"

"तू मेरे साथ मेरे राज्य में चलेगा? उसका नाम जबरनगर है। यहाँ से तीस कोस दूर है। अगले महीने मेरी लड़की की शादी, अजबपुर के राजकुमार से होनेवाली है। उस शादी में तू अपना यह हुनर दिखाना। ठीक है न?"

"जी, पहले मुझे अपने घरवालों से पूछना पड़ेगा।"

"कोई बात नहीं, तू आज घर चला जा। हम लोग यहीं ठहरे हुए हैं। हम आज की रात यहीं आराम करके कल वापस लौटेंगे। अपने घरवालों को बताकर तू भी कल सुबह होते ही यहाँ चला आ।"

"जो आज्ञा महाराज!"

सुजन ने घर लौटकर अपने माता-पिता से सब कहा। दिवाकर बहुत खुश हुआ। उसने कहा, "इस बार भगवान की कृपा हुई है। अब लगता है तेरा भी एक जुगाड़ हो जाएगा।"

माँ ने पूछा, "तू क्या फिर वापस नहीं लौटेगा?"

"पागल हुई हो?" सुजन ने कहा, "काम होते ही लौट आऊँगा। और अगर मेरा नाम हो जाएगा तो फिर जरूरत पड़ने पर यहाँ से आता-जाता रहूँगा।"

अगले दिन सुबह भोर होते ही सुजन निकल पड़ा। जब वह चाँड़ाली के जंगल में पहुँचा तब सूरज ताड़ के पेड़ को पार करके थोड़ा ऊपर उठ चुका था। जंगल के बाहरी हिस्से में थोड़ा ढूँढ़ते ही खुली जगह में जबरनगर के राजा का तम्बू नजर आया। राजा उसी का इन्तजार कर रहे थे। उन्होंने कहा, "मेरा एक सिपाही तुझे अपने साथ घोड़े पर बिठा लेगा। उसी के साथ तुझे चलना है।"

सुजन को पहले अच्छी-अच्छी मिठाई और फल-मूल खिलाकर राजा अपने लोगों के साथ जबरनगर रवाना हो गए। भले ही अपने मुँह से सुजन घोड़े की आवाज निकाल सकता था मगर इसके पहले कभी उसने घोड़े की सवारी नहीं की थी। सुजन दिन रहते मजे-मजे में जबरनगर पहुँच गया।

बड़े-बड़े मकानों, पक्के आँगनों, सुन्दर पेड़-पौधों, पक्के तालाबों,

बागीचों, हाट-बाजारों वाला ऐसा सुन्दर शहर सुजन ने कभी नहीं देखा था। मगर एक बात पर उसे बड़ी हैरत हुई। उसने यह बात राजा से पूछी भी—"इतने पेड़-पौधों, बाग-बागीचों के होते हुए यहाँ एक भी चिड़िया की आवाज क्यों नहीं सुनाई दे रही?"

राजा ने गहरी साँस लेकर कहा, "यह बड़े दुःख की कहानी है, तुझे क्या कहूँ! यह जो दूर पर तुझे पहाड़ नजर आ रहा है, उस पहाड़ का नाम आकाशी है। उसकी गुफा में पिछले पाँच सालों से कोई राक्षस या जानवर, न जाने कौन रह रहा है। वह चिड़ियों को ही खाता है। वह पता नहीं क्या जादू जानता है, सारी चिड़ियाँ अपने आप झुंड में उसकी गुफा में घुस जाती हैं, जहाँ वह राक्षस उन्हें पकड़कर खा लेता है। अब इस शहर में किसी चिड़िया का नामो-निशान नहीं रह गया है। बस एक तोता इस राजमहल में मेरी लड़की के पिंजरे में बच गया है।"

"सारी चिड़ियाँ खत्म हो जाने के बाद वह राक्षस कैसे जिन्दा रहेगा?"

"वह क्या सिर्फ मेरे शहर की चिड़ियों के भरोसे ही रहता है? उस पहाड़ के उत्तर में अजबपुर है, पश्चिम की ओर गोपालगढ़ है—चिड़ियों की कमी थोड़े ही न है।"

"क्या उस जीव को अभी तक किसी ने नहीं देखा है?"

"नहीं। वह गुफा से बाहर नहीं निकलता। मैंने खुद धनुष-बाण लेकर उसकी गुफा के बाहर उसे मारने के लिए इन्तजार किया है, मेरे साथ मेरे पचास बहादुर सैनिक भी थे। मगर वह कहीं नजर ही नहीं आया। वह गुफा काफी गहरी है। मशाल लेकर कुछ देर उसके भीतर जाने पर भी वह नजर नहीं आया था।"

सुजन ने ऐसी विचित्र बात पहले नहीं सुनी थी कि सिर्फ चिड़ियों को खानेवाला कोई राक्षस भी हो सकता है! और उसे मारना भी मुश्किल था, यह भी हैरानी की बात है।

इस बीच राजा की सवारी महल में पहुँच गई थी। राजा बोले, "महल के नीचेवाले एक कमरे में तू रहेगा। कल सुबह एक बार तू मेरी बेटी को चिड़ियों और जानवरों की बोली सुनाना। मेरी बेटी का नाम श्रीमती है। उस जैसी पढ़ी-लिखी लड़की शायद ही कहीं होगी। उसने शास्त्र पढ़ा है, व्याकरण पढ़ा है, इतिहास पढ़ा है, गणित पढ़ा है, देश-विदेश की लोककथाएँ उसे याद हैं, रामायण-महाभारत भी जानती है। वह आज तक महल से बाहर नहीं निकली है। मैंने सूरज की रोशनी भी उसके बदन पर नहीं पड़ने दी है। इसीलिए उस जैसे दूध-आलता का रंग और किसी लड़की का नहीं है।

सुजन हैरान हो गया। किसी लड़की की ऐसी विद्या-बुद्धि! और वह खुद लिखाई-पढ़ाई से कोसों दूर! ऐसी राजकुमारी से बात क्या की जाए।

उसने राजा से पूछा, "आपकी इसी राजकुमारी की शादी होनेवाली है?"

"हाँ, इसी की शादी होगी। अजबपुर के राजकुमार से। वह भी बड़ा पंडित है। खूब पढ़ाई-लिखाई की है। रूप-गुण हर तरह से बेहतर है।"

महल में पहुँचकर राजा के एक सेवक ने उसे उसका कमरा दिखा दिया। राजा ने कहा, "अब जा, आज आराम कर। कल सुबह ये ही लोग तुझे मेरे पास ले आएँगे। उसके बाद तेरे गुणों की परीक्षा ली जाएगी।"

"महाराज, एक बात है।" सुजन चिड़ियों के हत्यारे उस राक्षस के बारे में कुछ पूछने में हिचक रहा था।

"क्या बात है?"

"आकाशी पहाड़ यहाँ से कितनी दूर है?"

"एक कोस तो होगा ही। क्यों?"

"ऐसे ही पूछ लिया।"

राजा उसपर खुश थे, सुजन महल का वह कमरा देखकर समझ गया। वह कमरा काफी बड़ा था। उसमें खूबसूरत नक्काशी की हुई एक पलंग मौजूद थी। उस कमरे के बाकी सामान लकड़ी और सफेद पत्थरों के बने थे। पलंग पर रखा उतना सुन्दर नरम तकिया सुजन ने जिन्दगी में कभी नहीं देखा था, इस्तेमाल करने की बात ही दूर थी।

रात में उसके लिए जो भोजन आया, वैसा सुजन ने कभी खाया नहीं था। कितने प्रकार के व्यंजन थे, उनकी खुशबू और स्वाद के क्या कहने! सबसे अन्त में मिठाई आई, वह भी पाँच प्रकार की। इतना सब खाना ही उसके लिए मुश्किल था।

परम तृप्ति से पेट-भर भोजन करके सुजन फिर से सोचने लगा। उस राक्षस की बात ही उसे बार-बार याद आती रही। कुदरत ने चिड़ियों को कितना खूबसूरत बनाया है, और उन चिड़ियों को ही वह राक्षस गपागप निगल जाता था। उसकी ऐसी भूख थी कि शहर की सारी चिड़ियों का उसने सफाया कर दिया था। सुजन के मन में आया कि एक बार वह खुद जाकर उसके रहने की जगह देख आए। सुजन को अभी नींद भी नहीं लगी थी। बाहर आसमान में पूर्णिमा का चाँद उग आया था। यहाँ आते वक्त वह उस पहाड़ को देख ही चुका था। उसे सिर्फ उसमें उस राक्षस के रहने की गुफा ढूँढ़ निकालनी थी।

सुजन पलंग से उतर पड़ा। इसके बाद भगवान का नाम लेकर बाहर निकल आया। महल में सब लोग उसे पहचान गए थे। इसीलिए फाटक पर उसे किसी ने रोका नहीं। चारों तरफ चाँदनी बिखरी हुई थी। सुजन तेजी से आकाशी पहाड़ की ओर चल पड़ा। हल्के कुहासे में वह पहाड़ धुँधला लग रहा था।

सन्नाटे-भरे शहर से डेढ़ घंटे पैदल चलकर सुजन पहाड़ की तलहटी

में जा पहुँचा। वहाँ आसपास कोई आदमी नजर नहीं आ रहा था। शायद रात का उल्लू भी उस राक्षस का भोजन बन चुका था।

पहाड़ की बगल से उत्तर की ओर चलते-चलते अचानक सुजन को जमीन से तीस-चालीस हाथ ऊपर एक अँधेरी गुफा नजर आई।

जरूर यही उस राक्षस की गुफा होगी। वह राक्षस क्या आदमियों को भी मारकर खा जाता होगा? शायद नहीं।

सुजन हिम्मत करके ऊपर चढ़ने लगा।

आखिर वह गुफा के मुहाने पर पहुँच गया। पहाड़ की दूसरी तरफ चाँद होने के कारण गुफा के भीतर घना अँधेरा छाया हुआ था।

सुजन के मन में गुस्से के मारे एक किस्म का साहस भर गया। चिड़ियाँ उसकी दोस्त थीं, और वे सब उस राक्षस के पेट में समा रही थीं। उसका गुस्सा इसी बात पर था।

सुजन अँधेरी गुफा में चला गया।

दस कदम भीतर जाते ही उसे दस कदम छिटककर बाहर चले आना पड़ा।

भीतर से एक भयानक हुंकार सुनाई पड़ी थी। ऐसी वीभत्स आवाज किसी जानवर की भी नहीं होती।

यह वही राक्षस था, उसकी सुजन पर नजर पड़ गई थी पर वह जरा भी उसे पसन्द नहीं कर पाया था।

उस घटना के बाद फिर वक्त बरबाद न करके सुजन महल के अपने कमरे में लौट गया था। अगले दिन सुबह एक सेवक आकर उसे राजा के पास ले गया। राजा अभी दरबार में नहीं गए थे। आज वे सबसे पहले अपनी बेटी को चिड़ियों और जानवरों को बोली सुनाना चाहते थे। इसके बाद ही दरबार में जाने की बात उन्होंने सोची थी। सुजन समझ गया, राजा अपनी

लड़की से बेहद प्यार करते हैं।

इधर राजकुमारी, जिसका नाम श्रीमती था, को रात में ही सुजन के बारे में पता चल गया था कि किस तरह उसने मुँह से बाघ की आवाज निकालकर जवाब में बाघ की दहाड़ सुनाकर जंगल में बाघ होने का प्रमाण दिया था। श्रीमती ने बिल्ली के अलावा कभी किसी जानवर की आवाज नहीं सुनी थी। आज से पाँच साल पहले जब उस शहर में भी चिड़ियाँ थीं, तब भी उसने अपने हीरामन तोते के अलावा किसी चिड़िया की आवाज नहीं सुनी थी। जब वह अपने कमरे से बाहर ही नहीं निकलती थी, तब वह सुनती कैसे? वह तो कभी खुले में भी नहीं निकलती थी। उसने कभी सूरज को नहीं देखा, न बाहर के पेड़-पौधों को। हाँ, किताबों से उसे काफी जानकारियाँ मिलती रहती थीं। मगर किताबों से भला कितना जाना जा सकता है! आँखों से देखने और कानों से सुनने से जो बातें पता चलती हैं, वे भला किताबों से कहाँ मिल सकती हैं! श्रीमती को बंगाल की सभी चिड़ियों के नाम याद थे लेकिन वे चिड़ियाँ किस तरह चहचहाती थीं, किस तरह गाती थीं, इसे उसने अपने कानों से नहीं सुना था।

सुजन जब महल के अन्दरवाले आँगन में पहुँचा तब श्रीमती अपने कमरे से निकलकर एक दूसरे कमरे में आकर बैठ गई थी। उस कमरे की एक खिड़की खुली हुई थी, जिससे आँगन में जो भी गीत-संगीत का कार्यक्रम होता वह सुना जा सकता था। उसी आँगन में सुजन हरबोला अपना कमाल दिखाने वाला था।

डेवढ़ी में आठ बजने के साथ ही राजा ने सुजन से कहा, "अब अपना हुनर दिखा। मेरी बेटी ऊपर बैठी हुई है, उस तक तेरी आवाज पहुँच जाएगी।"

वसन्त का मौसम था, इसीलिए सुजन ने पपीहा और दोयल की आवाज से शुरू किया। किसी आदमी के गले से चिड़िया की ऐसी

आश्चर्य-भरी आवाज किसी ने नहीं सुनी थी। पूरे पाँच साल बाद जबरनगर में चिड़ियों की चहचहाहट सुनाई पड़ी। राजकुमारी के कानों में चिड़ियों की आवाज जाते ही उसकी आँखें भर आईं। वह धीरे से बोली, "वाह, बहुत खूब! चिड़ियाँ इस तरह चहचहाती हैं! बेचारी चिड़ियाँ उस राक्षस के पेट में समा गईं। कितनी बुरी बात है। घोर अन्याय है।"

सुजन एक-के-बाद-एक चिड़ियों की बोली बोलने लगा। राजा का सीना चौड़ा हो गया, मगर राजकुमारी के दिल में न जाने कैसी बेचैनी छा गई। सोचने लगी, इस असाधारण कलाकार को क्या आँखों से नहीं देखा जा सकता?

उसके कमरे के बाहर एक बरामदा था। वह बरामदा खूबसूरत परदों से ढका रहता था। उस कपड़े के एक कोने को जरा-सा उठाकर नीचे देखा जा सकता था। राजकुमारी के पास में उसकी मुँह-लगी दासी बैठी हुई थी। उसे कुछ देर के लिए वहाँ से हटाने की जरूरत थी। इसलिए राजकुमारी ने उससे कहा, "सुरधुनि, मुझे प्यास लगी है। जरा मेरे लिए पानी ले आ।"

पानी राजकुमारी के सोनेवाले कमरे में था। वहाँ तक जाने-आने के दौरान राजकुमारी को थोड़ा समय मिल जाता।

सुरधुनि चली गई।

श्रीमती भागकर बरामदे में पहुँची और परदे का कोना थोड़ा-सा हटाकर उसने उस हरबोले को देखा। वह इस वक्त किसी और चिड़िया की आवाज की नकल कर रहा था। श्रीमती को सुजन देखने में अच्छा ही लगा। पर उसके कपड़ों से वह समझ गई कि वह बहुत गरीब था।

सुरधुनि जब तक उसके लिए पानी ले आती, श्रीमती वापस अपनी जगह पर बैठ चुकी थी।

करीब घंटे-भर तक सुजन ने हरबोले का खेल दिखाया। ऐसा खेल जबरनगर के राजमहल में पहले किसी ने नहीं दिखाया था। राजकुमारी ने

भी कभी चिड़ियों की बोली नहीं सुनी थी। उसकी आँखों के सामने एक नई दुनिया नजर आई—प्रकृति की दुनिया, जिसके साथ पिछले सोलह सालों में उसका कोई परिचय नहीं हुआ था। उस गरीब लड़के ने उसके जीवन में नया उजाला बिखेर दिया था।

यही सब सोचते-सोचते श्रीमती को याद आया कि अगले महीने उसकी शादी होनेवाली थी। युवराज रणवीर, जिससे उसकी शादी होनेवाली थी, ने उसे वचन दिया था कि वह अपने यहाँ श्रीमती की पढ़ाई-लिखाई की व्यवस्था कर देगा। इसके अलावा रनिवास के अन्दर उसके लिए एक ऐसा कमरा भी रहेगा जिसमें सूरज की रोशनी कभी जा ही न पाए, जिससे कि उसकी रोशनी से राजकुमारी का रंग कभी काला न पड़ सके।

राजकुमारी को सुजन देख नहीं पाया। राजा ने उसे हाथ का बनाया एक चित्र दिखाकर कहा, "यह देख, मेरी बेटी की तसवीर।" उसे देखकर सुजन को लगा जैसे वह स्वर्ग की अप्सरा हो। इसके बाद सुजन को पता चला कि राजकुमारी उसकी हरबोले की कला पर मुग्ध हो गई है तब गर्व से उसकी छाती तन गई। इसके अलावा उसे राजा की ओर से भरपूर इनाम भी मिला था। एक हीरे की अँगूठी और सौ सोने की मोहरें। सुजन को पता था इस धन से उसकी जिन्दगी मजे से कट जाएगी।

सिर्फ एक बात सोचकर उसके सीने में कसक उठी। काश उस राक्षस को मारा जा सकता।

देखते-देखते एक महीना बीत गया। इस बीच सुजन आसपास के नगरों में जाकर हरबोले का खेल दिखाकर कुछ पैसे कमा आया था। अपनी कमाई के सारे पैसे वह गाँव में जाकर अपने पिता को दे आया था। वह अच्छी तरह समझ गया था कि उसकी चारों तरफ प्रशंसा होने लगी है।

जब तक वह राजमहल में रहता, वह समय सुजन और भी नए प्रकार की आवाजों के अभ्यास में बिताता। यह बात उसे हर वक्त याद रहती थी कि राजकुमारी के विवाह में उसे खेल दिखाकर जबरनगर के राजा की प्रतिष्ठा बनाए रखनी पड़ेगी।

हालाँकि शादी की तैयारी शुरू हो गई थी मगर राजकुमारी के मन की हालत कोई नहीं जानता था। उसकी जिन्दगी पर जिस तरह अभी तक परदा पड़ा हुआ था, उसी तरह उसके मन की दशा भी सभी से छिपी हुई थी। मगर यह भी सच था कि पिछले एक महीने से उसे किसी ने खुश नहीं देखा था। सुजन महल के अपने कमरे में बैठकर चिड़िया की बोली का अभ्यास करता था, उसकी हल्की आवाज ऊपर राजकुमारी के कमरे में पहुँचती थी, जिसे सुनकर राजकुमारी का मन डोल उठता था। वह सोचती यह युवक सचमुच कितना गुणी है। पता नहीं बातचीत में कैसा होगा।

यह कुतूहल महीने-भर में चरम में पहुँच गया था। जो इतने प्रकार की आवाज निकाल सकता था। जिसका व्यक्तित्व इतना सुन्दर था मगर स्वभाव कितना सरल था, वह असल में कैसा था, यह जानने के लिए राजकुमारी की बेचैनी बढ़ती गई। उसने एक दिन इसका जिक्र सुरधुनि से कर ही दिया।

सुरधुनि पाँच साल से राजकुमारी की खास सहेली बनकर उसके साथ ही रहती थी। राजकुमारी को जिस कमरे में बन्द करके रखा जाता था, वह कमरा सुरधुनि को पसन्द नहीं था। वह हर रोज सुबह की धूप, पेड़-पौधे, नद-नदी, राह-घाट आदि के बारे में विस्तार से श्रीमती को बताती। चिड़ियों के बारे में भी वह बताती, जिन्हें उसने पहले कभी देखा था।

श्रीमती ने कहा, “बहन, तुम्हें मेरा एक काम करना होगा।”

"कैसा काम?"

"उस हरबोले के कमरे में जाने का रास्ता जानना पड़ेगा।"

सुरधुनि ने वादा किया। उसके बाद एक दिन रनिवास से निकलकर पहरेदार को एक मोहर घूस में देकर, जिसे उसने श्रीमती से लिया था, सुजन के कमरे का पता लगाया। वह वहाँ पहुँची। सुजन उस वक्त वसन्तबारी की बोली का अभ्यास कर रहा था।

उस रात को सुजन जब खा-पीकर सोने जा रहा था तब सुरधुनि फिर वहाँ हाजिर हुई।

"तुम?" सुजन के मुँह से निकला।

सुरधुनि ने खामोश रहने का संकेत किया। इसके बाद उसने इशारे से राजकुमारी को भी वहाँ बुला लिया।

"तुम?" सुजन चकित हो गया—"तुम्हारी तसवीर मैंने देखी है।"

"तुमसे मिलने आई हूँ," श्रीमती ने गम्भीरता से कहा, "तुमने मुझे एक नई दुनिया दिखाई है।"

"लेकिन मैं भला तुमसे क्या बात कर सकता हूँ! मेरे पास विद्या-बुद्धि, कुछ भी नहीं है। मैं तो पाँच का पहाड़ा भी नहीं जानता। सुना है तुमने काफी पढ़ा है। इसलिए..."

"तुमने सूर्य देखा है?"

"हाँ, रोज देखता हूँ। सूर्य उगते वक्त, आसमान को सिन्दूर से पोत देता है। इसी तरह से डूबते समय भी। सूरज उठने के पहले ही चिड़ियाँ चहचहाने लगती हैं। सूरज के डूबते ही वे अपने घोंसलों में लौट जाती हैं।"

"क्या तुमने वसन्त में फूल खिलते देखा है?"

"हाँ! अभी भी देखता हूँ। रोज ही देखता हूँ। लाल, नीला, पीला, सफेद, बैंगनी कितने रंग! मधुमक्खियाँ आकर शहद पीती हैं, तितलियाँ फूलों के आसपास मँडराती रहती हैं। कली से फूल खिलते हैं। वह

खिलकर फिर झर जाते हैं। पेड़ों में नए पत्ते आते हैं, जाड़े में वे पत्ते सूखकर झड़ जाते हैं।"

"एक बात सोचकर जी बहुत दुखता है।"

"कौन-सी बात?"

"चिड़ियाँ कितना मीठा गीत गाती हैं मगर इस वक्त वे सब उस राक्षस का शिकार हो गई हैं। उसे दंड दिए बिना मुझे कुछ भी अच्छा नहीं लग रहा है।"

"मगर तुम्हारी तो जल्दी ही शादी होने वाली है। अब अच्छा न लगने से कैसे काम चलेगा? शादी में कितना मजा आता है!"

"मैंने भी ऐसा ही सोचा था, लेकिन तुम्हारे गले से चिड़ियों की बोलियाँ सुनने के बाद से वह खुशी खत्म हो गई है। मैंने अपने पिता जी से कह दिया है।"

"क्या कह दिया है?"

"जिससे मेरी शादी तय हुई है, अगर वह उस राक्षस को मार देगा, तभी मैं उससे शादी करूँगी। मेरे विवाह की शर्त ही यही होगी।"

"अगर उस राजकुमार के बजाय कोई और उस राक्षस को मार दे?"

"जो मारेगा, उसी से मेरी शादी होगी। जिसमें ऐसी शक्ति नहीं है वह आदमी ही नहीं है।"

"तुमने बहुत कठिन शर्त रख दी है।"

"ऐसा क्यों कह रहे हो?"

"मैं उस राक्षस की गुफा में गया था। उसकी गरज सुनते ही मेरे होश उड़ गए थे। मैं भाग आया। वाकई बड़ी भयानक आवाज थी।"

"यह सुनकर मुझे बहुत दुःख हुआ। मैंने सोचा था कि तुम बाघ-भालुओं की बोली में इतने माहिर हो, तुम साहसी भी खूब होगे। खैर, कुछ भी हो, जो उस विहंगभुक को मार सकेगा, मैं उससे ही शादी

करूँगी।"

"क्या उसका नाम विहंगभुक है?"

"हाँ।"

"तुम्हें कैसे पता?"

"मैंने किताब में पढ़ा है। विहंग माने चिड़िया। भुक माने खानेवाला।"

उस दिन बात यहीं खत्म हो गई। सुरधुनि के साथ श्रीमती अपने कमरे में वापस लौट गई।

अगले दिन सुजन को मरकतपुर जाना पड़ा। वहाँ के राजा ने हरबोले के हुनर से खुश होकर उसे खूब बख्शीश दी। सुजन जबरनगर में लौट आया। श्रीमती की फरमाइश के अनुसार उसे रोज एक बार चिड़ियों की बोली सुनानी पड़ती थी, राजा उसे रोज इनाम भी देते थे।

इधर राजा के मन में चिन्ता बढ़ गई थी। उनकी लड़की ने जिद ठान ली थी कि उस राक्षस को मारने वाले से ही वह शादी करेगी, और किसी से नहीं। अजबपुर का युवराज रणवीर इसीलिए कल ही सुबह जबरनगर आ रहा था। उसे अकेले आकाशी की गुफा में जाना होगा। सफल होने पर ही श्रीमती से उसकी शादी हो सकती थी। बहादुर योद्धा के रूप में रणवीर का खूब नाम था, इसीलिए जबरनगर के राजा को भरोसा था कि वह जरूर उस राक्षस को मार डालेगा।

इधर सुजन मन-ही-मन सोच रहा था—उस राक्षस की जैसी भयानक आवाज़ उसने सुनी थी उसे तो वह कभी भूल नहीं सकता। जिसकी आवाज ऐसी हो, उसका चेहरा न जाने कैसा होगा और उसके शरीर की ताकत भी न जाने कितनी होगी। अजबपुर का राजकुमार उस राक्षस को मार पाएगा?

अगले दिन सुबह सूरज उगने के बाद ही अजबपुर का राजकुमार घोड़े की पीठ पर बैठकर रवाना हो गया। उसने कवच पहन रखा था, उसकी कमर से तलवार लटक रही थी, उसकी पीठ पर तीरों से भरा तूणीर तथा हाथ में धनुष था। इसके अलावा उसके घोड़े के एक तरफ म्यान में एक

बल्लम भी खुँसा हुआ था।

इसके अलावा राजकुमार के साथ दो घुड़सवार भी थे, जो अपने जाल में श्मशान से तीन गिद्ध भी पकड़ लाए थे। इन गिद्धों को जाल समेत उस गुफा के मुहाने पर फेंककर उनके लोभ में राक्षस को बाहर निकालने की योजना बनाई गई थी।

जबरनगर के काफी लोगों की भीड़ उस गुफा के उलटी तरफ वाले मैदान में इस युद्ध को देखने के लिए उमड़ पड़ी थी। जबरनगर के राजा खुद तो वहाँ नहीं गए थे लेकिन युद्ध का हाल जानने के लिए उन्होंने अपने एक दूत को भेज दिया था।

युवराज रणवीर मुकाबले के लिए तैयार था। इस बार उसके साथ आए दो लोगों ने जाल समेत गिद्धों को गुफा के सामने फेंककर तुरही बजाकर अपने होने की सूचना दी। इसके बाद वे दोनों भी वहाँ से हट गए। अब मुकाबले के लिए घोड़े पर सवार रणवीर तैयार था।

दर्शकों की भीड़ में जो लोग मौजूद थे उनमें से एक का कुतूहल सबसे ज्यादा था। वह सुजन हरबोला था। खबर पाकर वही सबसे पहले उस मैदान में पहुँचा था। मगर न जाने क्यों उसका दिल कह रहा था कि युवराज सफल न हो सके तो ही अच्छा! हैरत की बात थी, गुफा से राक्षस निकला ही नहीं। उसे फँसाने के लिए ऐसा चारा सामने फेंक दिया गया था फिर भी वह न जाने क्यों गुफा में बैठा हुआ था?

इधर युवराज का घोड़ा बेचैन होकर अपने खुर पटकने लगा था। लाचार होकर युवराज मन में साहस सँजोकर गुफा की ओर बढ़ा। इसके साथ तीन बार तुरही भी बज उठी। इसके बाद सभी के खून को सर्द करते हुए अन्दर से एक भयानक हुंकार सुनाई पड़ी, जिसके जवाब में युवराज के घोड़े ने अपने आगेवाले दोनों पैर ऊपर उठाकर युवराज को अपनी पीठ से गिरा दिया। फिर वह विपरीत दिशा में भाग खड़ा हुआ। फिर तो युवराज को भी घोड़े के पीछे-पीछे भागना पड़ा। साफ था कि उसने राक्षस से हार मान

ली थी। जिसकी ऐसी हुंकार थी उससे लड़ने की हिम्मत युवराज में नहीं थी।

मैदान में इकट्ठी भीड़ भी तितर-बितर हो गई। सारे लोग जान बचाकर भागे। सिर्फ सुजन हरबोला वहाँ से न भागकर कुछ देर तक गम्भीर होकर न जाने क्या सोचता रहा। इसके बाद वह भी वापस लौट गया।

रणवीर के बाद सात राज्यों के सात अन्य राजकुमारों ने भी विहंगभुक को मारने की कोशिश में उसकी हुंकार सुनकर आखिरकार भागकर अपनी जान बचाई। इसके साथ ही राजकुमारी की शादी की तारीख भी आगे बढ़ने लगी। राजा भी इसे लेकर नई चिन्ताओं से घिर गए।

उन आठ राजकुमारों की शोचनीय हालत सुजन ने अपनी आँखों से देखी थी। राक्षस की हुंकार से सिर्फ घोड़े ही नहीं उनके सवार भी जिस तरह भय से पीले पड़ गए थे, इसे सुजन ने देखा था।

उन आठ राजकुमारों के हार जाने के कारण फिर किसी देश के राजकुमार को जबरनगर के उस राक्षस को मारने की हिम्मत नहीं पड़ी।

नौवें दिन सुबह राजा मन्दिर से पूजा करके जैसे ही निकले, उन्होंने देखा कि सुजन उनसे कुछ कहने के लिए वहाँ खड़ा था। राजा बहुत उदास थे। उसी स्वर में उन्होंने पूछा, "क्या बात है सुजन, तुझे क्या चाहिए?"

सुजन ने कहा, "महाराज, आप मुझे एक भाला दे सकते हैं?"

राजा हैरत से बोले, "भाला लेकर क्या करेगा?"

"मैं भी एक बार विहंगभुक को मारने की कोशिश करना चाहता हूँ।"

"तू क्या पागल हो गया है?"

"महाराज, एक बार कोशिश करके देख ही लूँ। वह जब कोई प्राणी है तब उसमें भी जान होगी ही, और जान है तो दिल भी होगा। उसके दिल में अगर भाला मार सकूँ तो फिर वह जरूर मरेगा।"

"मगर वह तो गुफा से निकलता ही नहीं।"

"हो सकता है, वह आज निकल आए। उसके मन की बात कौन बता सकता है?"

राजा ने सुजन की ओर देखकर कुछ सोचा। उसकी सेहत अच्छी थी, वह बलवान भी था, यह उसे देखने से ही लगता था।

आखिरकार राजा बोले, "ठीक है, भाले की कमी नहीं है। मैं दिलवा देता हूँ। तुझे देखकर लगता है यह काम किए बिना तेरा मन नहीं मानेगा।"

हुक्म होते ही एक भाला भी आ गया। अब सुजन घुड़साल से एक घोड़ा लेकर उस पर सवार होकर हाथ में भाला उठाए आकाशी की ओर चल पड़ा।

इस बीच सुजन के प्रति राजा के मन में स्नेह बढ़ गया था। उसका हाल लेने के लिए वे भी हड़बड़ाते हुए घोड़े पर चढ़कर पहाड़ की ओर चल पड़े।

गुफा के करीब पहुँचने से पहले सुजन घोड़े से उतर गया। उसे पता था कि अगर वह घोड़े पर सवार रहेगा तो घोड़ा मारे डर के अगर भाग निकलेगा तो फिर उसे भी उसी तरह भागना पड़ेगा।

गुफा के अन्दर दिन में भी रात की तरह अँधेरा था। गुफा का मुँह उत्तर दिशा में होने के कारण ऐसा था।

इस बीच राजा भी पहुँच गए थे, उन्होंने थोड़ी दूर से घोड़े पर बैठे-बैठे ही नजर रखने की सोची। आज वहाँ कोई भीड़ नहीं थी, क्योंकि शहर में ढिंढोरा पिट चुका था कि अब कोई राजकुमार राक्षस को मारने नहीं आएगा।

सुजन हाथ में भाला लेकर पैर दबाकर बड़ी सावधानी से गुफा की ओर बढ़ने लगा। चारों तरफ खामोशी छाई हुई थी। चिड़ियों के न होने के कारण ऐसी हालत थी, अन्यथा सुबह चिड़ियाँ चहचहाए बिना रह ही नहीं सकतीं।

इस बार सुजन ने भगवान का नाम लेकर एक बार सूरज की ओर देखकर खूब जोर से साँस भरी फिर उसे पूरी ताकत से छोड़ते हुए इन नौ दिनों में सीखी एक भयानक आवाज मुँह से निकाली। इस आवाज से राजा का घोड़ा भड़ककर उछल गया। मगर राजा ने किसी तरह उसे सँभाला।

अब जाकर उस हुंकार का जवाब आया। उसके साथ ही गुफा के भीतर से छलांग लगाकर जो प्राणी बाहर निकला, वह देखने में न आदमी था, न राक्षस था, न जानवर; वह क्या था, इसे कोई निश्चित रूप से नहीं बता सकता। बल्कि कहना चाहिए इन तीनों को मिलाकर एक ऐसी भयंकर शक्ल का आदमी लगता था जिसे देखकर किसी की भी जान सूख जाती।

सुजन हरबोला ने उसे ठीक से देखा ही नहीं। उसकी नजर सिर्फ उसी जगह थी जहाँ उसका दिल धड़क रहा था। उसने उसकी तरफ निशाना साधकर हाथ के भाले को जोर से उछाल दिया। फिर उसे कुछ याद नहीं रहा।

होश आने पर आँख खुलते ही उसे वही चेहरा नजर आया जिसकी तसवीर देखकर उसका दिल खुश हो गया था।

राजकुमारी की बगल में राजा खड़े थे। उन्होंने कहा, "तुमने राक्षस को मारा है, इसीलिए मैं तुम्हीं को अपनी बेटी सौंप रहा हूँ। आज से सात दिन बाद शादी का मुहूर्त है। तुम्हारे माता-पिता को खबर देने तुम्हारे गाँव में आदमी भेजा गया है। वे शादी के बाद भी अब यहीं रहेंगे। तुम तो रहोगे ही।

"और मेरी पढ़ाई-लिखाई?"

श्रीमती हँसकर बोली, "मैंने उसका जिम्मा ले लिया है। पाँच के पहाड़े से शुरुआत होगी, शादी के अगले दिन से ही। और जब तक इस राज्य में

चिड़ियाँ दुबारा नहीं आ जातीं, तुम मुझे चिड़ियों की बोली सुनाते रहना।"

"तो फिर एक बात कहूँ?"

"कहो!"

"तुम अब अपने कमरे में बन्द मत रहना।"

"ठीक है, नहीं रहूँगी।"

"अपने हीरामन तोते को भी आजाद कर दो। चिड़ियों को पिंजरे में कैद रखना ठीक नहीं। वे आसमान में उड़ नहीं पातीं तो उन्हें बहुत तकलीफ होती है।"

श्रीमती सिर हिलाकर बोली, "ठीक है, ऐसा ही होगा।"

## गंगाराम की तकदीर

**नदी** के किनारे खप्पर के टुकड़ों से 'बैंगबाजी' खेलते हुए अचानक गंगाराम की नजर उस पत्थर पर पड़ी। उस नदी में पानी भी ज्यादा नहीं था। जहाँ सबसे गहरा था वहाँ भी घुटने नहीं डूबते थे। पानी काँच की तरह पारदर्शी था, इसीलिए उसके नीचे लाल, नीले, हरे, पीले, भूरे—विभिन्न प्रकार के पत्थर नजर आते थे। मगर ऐसा पत्थर गंगाराम ने पहले कभी नहीं देखा था। इन्द्रधनुष के सारे रंग इस पत्थर में नजर आ रहे थे। आकार में वह किसी कबूतर के अंडे-जैसा लग रहा था। गंगाराम ने पानी से उस पत्थर को उठाकर, कुछ देर तक चकित होकर उसे घुमा-फिराकर देखा। "वाह, कितना सुन्दर है!" उसके मुँह से अचानक निकला। इसके बाद उसे अपनी धोती की गाँठ में खोंसकर वह घर की ओर चल पड़ा।

गंगाराम बैकुंठ गाँव में रहता था। उसके माता-पिता की मौत जब महामारी में हुई थी तब वह सिर्फ

साढ़े चार साल का था। मामा गोपीनाथ ने उसे पाला-पोसा। अब वह अठारह साल का हो गया था। वह हमेशा किसी की भी मदद के लिए आगे रहता था इसलिए गाँववाले उसे प्यार करते थे। सभी कहते कि गंगाराम जैसा सरल, सबकी मदद करनेवाला लड़का मिलना मुश्किल है। इसके अलावा गंगाराम देखने में भी अच्छा था। गाँव के नाटक में राजकुमार बनता था। अभिनय भी अच्छा करता था।

गंगाराम की आर्थिक हालत अच्छी नहीं थी। उसके मामा के पास जो थोड़ी-बहुत खेती की जमीन थी, उसे वह गठिया रोग के कारण खुद जोत-बो नहीं पाते थे, इसलिए यह काम भी गंगाराम को ही करना पड़ता था। उससे जो फसल होती, उससे उनका काम किसी तरह चल जाता। गंगाराम से तीन साल बड़ा उसका एक ममेरा भाई था, जिसका नाम रघुनाथ था। रघुनाथ कुसंग में पड़कर चोरी करते हुए पकड़ा गया था। उसे तीन साल की जेल हुई थी। वे तीन साल पूरे होने में अब तीन महीने बाकी थे। मगर उसके पिता गोपी उससे बहुत नाराज थे। वे नहीं चाहते थे कि रघुनाथ जेल से छूटकर घर लौटे।

नदी तट से घर लौटते वक्त गंगाराम एक बार सुबल काका से मिलने चला गया।

सुबल काका को कई दिनों से सरदी-बुखार था। उनका एक पैर खराब था इसलिए वे लाठी के सहारे के बिना चल नहीं पाते थे। गंगाराम ने उन्हें देखने के लिए शशि वैद्य को बुलाया था। उन्होंने आकर एक खास पत्ते का रस ले आने के लिए कहा। उसे भी गंगाराम जंगल में भटककर बिच्छू पत्ते की खुजली बर्दाश्त करके किसी तरह जुगाड़ करके ले आया था।

गंगाराम ने जाकर देखा। सुबल काका पहले से बेहतर थे। उसने एक बार मोक्षदा बुढ़िया के यहाँ जाने की भी बात सोची। वह गाँव के दूसरे छोर पर अकेली रहती थी। इसलिए सुबल उसकी खोज-खबर लेने चला जाता था। मगर उसने सुबल काका के घर से बाहर निकलकर देखा आसमान

में काले बादल छाये हुए थे।

गंगाराम तेज कदमों से घर की ओर जाने पर भी अपने को भीगने से बचा नहीं पाया। पानी में भीगना उसे अच्छा भी लगता था पर उसने पाया कि बौछारों के साथ बड़े-बड़े ओले भी गिरने लगे। और ऐसे ओले गंगाराम ने आज तक नहीं देखे थे। एक-एक ओला ताड़ जितना बड़ा था। वे फटास-फटास करके जमीन पर गिर रहे थे। और गिरते ही फूटकर बर्फ के टुकड़े चारों तरफ बिखर जाते थे। अगर उनमें से एक भी सिर पर गिरे तो बचना मुश्किल था।

ओला सिर पर गिरा जरूर, पर किसी और के सिर पर। श्रीनिवास हलवाई का बूढ़ा बाप भुजंग, लाठी हाथ में लेकर ठक-ठक करता हुआ रास्ते से जा रहा था। गंगाराम के सामने ही उसके सिर पर बड़ा-सा ओला गिरा जिससे उसका सिर फट गया और उसकी आँखें उलट गईं। गाँव का केलो कुत्ता भी अपना सिर ऐसे राक्षसी ओले से बचा नहीं पाया और उसकी भी जान चली गई। गंगाराम ने तेलीपाड़ा के बूढ़े बरगद के नीचे सिर छिपाने की बात सोची थी, लेकिन उसके साथ ही ओले बीनकर उनका स्वाद लेने का भी लोभ नहीं सँभाल पाया। जबकि उसके गाँव के बाकी लोगों ने या तो पेड़ों के नीचे या किसी के घर के ओसारे में आश्रय लिया था। दो-एक लोगों ने गंगाराम को सड़क पर देखकर चिल्लाकर उसे सावधान कर दिया, मगर गंगाराम ने उनकी बातों पर ध्यान नहीं दिया, और यह भी सच है कि उसके चारों तरफ ओले पड़ने पर भी उसके बदन पर एक भी ओला नहीं गिरा था। गाँव के सभी लोग मानते थे कि गंगाराम की तकदीर बहुत खराब है, हालाँकि गंगाराम को खुद कभी ऐसा नहीं लगा था, मगर आज जो घटना घटी उससे कहना ही पड़ेगा कि उसकी तकदीर खुल गई थी।

इस घटना के तीन दिन बाद खेत जोतते वक्त गंगाराम के हल के फाल से जमीन के नीचे किसी चीज के खटांग से टकराने की आवाज

आई। गंगाराम ने वहाँ खोदा तो उसे एक पीतल का घड़ा मिला, जिसका मुँह पीतल के ढक्कन से बन्द था, जिस पर लाल कपड़ा बाँधकर उसमें गाँठ लगा दी गई थी, जिससे कोई उसे आसानी से खोल न सके।

खेत का काम खत्म करके गंगाराम वह घड़ा घर ले आया। वह घड़ा बहुत भारी था। गंगाराम के बदन में खूब ताकत थी तभी वह उसे उठाकर ला पाया था, नहीं तो दो आदमियों से कम कोई उसे उठा नहीं सकता था।

घर में आकर कपड़े की गाँठ तथा ढक्कन खोलकर गंगाराम ने देखा कि उस घड़े में ढेर सारे गोल-गोल पीले रंग की चकतियाँ थीं। वे दिन की रोशनी में चमक रही थीं। गंगाराम ने अपनी आँखों से कभी मोहरें नहीं देखी थीं। अन्यथा वह समझ जाता कि पतीला मोहरों से भरा था। उसमें जितनी सोने की मुद्राएँ थीं उनसे एक महल बनाया जा सकता था। मगर गंगाराम को लगा कि पता नहीं ये किस चीज की चकतियाँ हैं। उसने उन्हें उसी तरह रख दिया।

उस घड़े पर फिर से ढक्कन लगाकर उसका मुँह पहले की तरह से बाँधकर, उसने उसे खाट के नीचे सरका दिया। उसने इस बारे में अपने मामा को भी कुछ नहीं बताया।

इसके कुछ दिनों के बाद एक और घटना से साफ हो गया कि गंगाराम की तकदीर पलट गई थी। आधी रात को गंगाराम के मुहल्ले में अन्ता घोष के मकान में आग लग गई। गंगाराम के घर से सात मकान बाद अन्ता घोष का मकान था। मुहल्ले में सभी की नींद टूट गई और चीख-पुकार शुरू हो गई। तालाब से पानी भरी बाल्टियाँ एक-दूसरे के हाथों से होती हुई आने लगीं। और वे पानी की बाल्टियाँ जलती आग में उड़ेली जाने लगीं। लेकिन वह आग बुझने के बजाय एक-के-बाद-एक दूसरे घरों में भी फैलने लगी। इस तरह आग बुझने में साढ़े चार घंटे लग गए। लेकिन आश्चर्य यह कि चारों तरफ के मकान जल जाने पर भी गंगाराम का मकान साफ बच गया। गंगाराम ने परम इतमीनान से गहरी साँस लेकर

कहा, "चलो, जान बची। हमारे घर में आग लगने से शायद मेरे रोगी मामा भाग न पाने से इस आग में जलकर ही मर गए होते।"

इस घटना के बाद से पूरे गाँव में गंगाराम की तकदीर की चर्चा होने लगी। किसी-किसी ने आकर पूछा भी—"क्या बात है गंगा, जरा बता तो मामला क्या है? तुझे तो हम लोग चिर दुखी ही समझते आए हैं, लेकिन तेरी तकदीर कैसे पलट गई?"

गंगाराम ने मुस्कराकर कहा, "तकदीर की बात भला कोई बता सकता है? भगवान की जरूर मुझपर कृपा हुई है लेकिन ऐसा क्यों हुआ, मैं बता नहीं सकता।"

गंगाराम को एक बार भी ऐसा नहीं लगा कि उसकी गाँठ में जो पत्थर खुँसा हुआ था उस पत्थर ने ही उसकी तकदीर बदल दी थी।

गंगाराम के ममेरे भाई ने जेल से छूटकर घर लौटते वक्त रास्ते में हलधर की दुकान से लाई खरीदकर खाते-खाते गंगाराम की चमत्कारी तकदीर की बात सुनी। यह सुनकर उसने सोचा, ऐसा कैसे हो सकता है? अचानक इस तरह किसी की तकदीर कैसे बदल जाती है? इस मामले में जरा पता लगाना पड़ेगा।

भूख मिटाने के बाद घर लौटकर पहले तो उसे अपने पिता की झिड़की सुनने को मिली—"इस घर में तू नहीं रह सकता।" पिता ने साफ कह दिया, "तू कोई और इन्तजाम कर ले।"

रघुनाथ ने घर से बाहर निकलकर देखा, गंगाराम खेत से लौट रहा था। गंगाराम ने रघुनाथ से पूछा, "क्यों भैया, इतने दिनों बाद रिहाई मिली? मगर पिता जी तुमसे बहुत नाराज हैं। उनसे भेंट हुई है?"

"हाँ," रघुनाथ ने कहा, "मैं यहाँ रहने नहीं आया हूँ। केष्टोपुर में मेरा एक और ठिकाना है। मैं तुझसे मिलने ही यहाँ आया था।"

"यह तो अच्छी बात है।" गंगाराम ने कहा।

"तुझसे एक बात कहनी थी।"

"कैसी बात?"

"सुना तेरी तकदीर बदल गई है। बात क्या है?"

"मैं क्या कहूँ भाई! ऊपरवाले की मर्जी के बारे में भला कौन कह सकता है।"

रघुनाथ समझ गया गंगाराम सच्चे दिल से कह रहा था। वह इससे ज्यादा और कुछ नहीं बता सकता। रघुनाथ अपने कन्धे पर गठरी रखकर वहाँ से चल पड़ा। केष्टोपुर में वाकई उसका एक ठिकाना था। उसके दल का नेता महेश, जिसे सिपाही पकड़ नहीं पाए थे, वह केष्टोपुर में रहता था। जेल से निकलकर रघुनाथ को अब सच्चाई के रास्ते पर आ जाना चाहिए था, मगर उसे तो गलत कामों की लत पड़ चुकी थी, इसीलिए वह अपने पुराने दल से नाता नहीं तोड़ पाया।

मगर केष्टोपुर जाने से पहले वह हरिताल गया, अघोर गणतकार के पास। अघोर केवल गणना ही नहीं जानता था बल्कि वह तरह-तरह के मन्त्र-तन्त्र भी जानता था। वह दुबला-पतला चीमड़-सा आदमी था। उसका रंग एकदम अलकतरे की तरह काला था। उसकी उम्र के बारे में किसी को कुछ पता नहीं था।

अघोर ने रघुनाथ को देखते ही कहा, "कैदखाने से छूट आया? मगर तेरी तकदीर में बड़ा दुःख भोगना लिखा है। तुझे फिर से जेल जाना पड़ेगा। अब कुसंग छोड़ दे।"

रघुनाथ ने कहा, "यह सब फालतू बातें छोड़िए, मैं तो इस वक्त अपने फुफेरे भाई के बारे में जानने आया हूँ।"

"क्या गंगाराम के बारे में?"

"उसकी तकदीर कैसे पलटी, आप बता सकते हैं?"

"ठहर जरा हिसाब लगाना पड़ेगा।"

अघोर गणतकार अपने तख्त पर बैठकर एक बही में सरकंडे की कलम से कुछ आड़ी-तिरछीं रेखाएँ खींचकर करीब पाँच मिनट तक उसे गौर से देखता रहा। फिर उसने कहा, "वह तो आज काफी धन का मालिक है।"

"धन! मगर धन-दौलत तो मुझे कुछ नजर नहीं आया।"

"मगर मैं देख पा रहा हूँ।"

"अचानक उसकी तकदीर कैसे बदल गई? उसे क्या देवता का वरदान मिल गया है?"

"नहीं, उसे एक पत्थर मिला है।"

"पत्थर?"

"हाँ, पत्थर! उसी के बूते पर उसकी तकदीर पलटी है। उस पत्थर का नाम सातशिरा है। उसका बृहस्पति अब ऊँचे स्थान पर है। मगर यह बात वह नहीं जानता। वह अभी सीदा-सादा आदमी है।"

"उसका धन कहाँ है, बता सकते हैं?"

"उसकी खटिया के नीचे। तीन हजार सोने की मोहरें।"

रघुनाथ गणतकार से विदा लेकर चल पड़ा। वह सीधा केष्टोपुर गया। उसे महेश चोर से मिलना था।

महेश की उम्र पैंतीस के करीब थी। उसका शरीर गठा हुआ था। बड़ी-बड़ी मूँछें और गलमूँछें भी थीं।

रघुनाथ ने महेश का हाथ पकड़कर कहा, "भैया, तीन हजार मोहरें!"

"बात क्या है?"

रघुनाथ ने उसे सब कुछ बता दिया।

"यह बात है!" महेश बोला, "वह पीतल का घड़ा खाट के नीचे है?"

"हाँ भैया! तुम ला सको तो तीन में से दो हिस्सा तुम्हारा, एक

हिस्सा मेरा।"

"बहुत खूब!" महेश ने कहा, "परसों अमावस्या है उसी दिन जाऊँगा।"

महेश जैसा चतुर चोर उस पूरे इलाके में नहीं था। वह कितनी बार प्यादों की आँखों में धूल झोंक चुका था, उसका हिसाब नहीं। अमावस्या की रात को सेंध मारने वाला लोहा लेकर वह बैकुंठ ग्राम पहुँचकर गंगाराम के यहाँ सेंध काटने लगा। चारों तरफ सन्नाटा छाया था। फागुन का महीना था पर ठंड अभी बाकी थी। महेश रात तीन बजे वहाँ पहुँचा था, जब लोग सबसे गहरी नींद में होते हैं। वहाँ पहुँचते ही बिना कोई आवाज किए उसने सेंध काटना शुरू कर दिया।

मगर उसे ज्यादा वक्त नहीं मिला। दो दिन पहले ही पानी बरसा था। जाड़े की लम्बी नींद से जगा एक नाग वहीं पास में ही था। उसने चुपचाप आकर महेश की एड़ी में डस लिया। महेश के हाथ से वह लोहा गिर पड़ा। दो मिनट में वह भी बेजान होकर वहीं गिर पड़ा।

सुबह उठकर सबसे पहले गंगाराम की ही चोर पर नजर पड़ी। वह समझ गया, रात में क्या हुआ था। मगर उसकी समझ में यह नहीं आया कि उसके यहाँ चोर क्या करने आया था।

उधर महेश की क्या दशा हुई थी, रघुनाथ को पता चल गया था। वह समझ गया कि उसके फुफेरे भाई की तकदीर मामूली नहीं है। इस तरह चोरी से उससे रुपये नहीं लिये जा सकते। अब आगे क्या तरीका अपनाया जाए वह यही सोचने लगा।

इधर गंगाराम की तकदीर बदल गई थी, इसके बारे में और प्रमाण मिलने लगे। उसके मामा की गठिये की बीमारी अपने आप ही काफी हद तक ठीक हो चुकी थी। मामा चिड़चिड़े स्वभाव के थे मगर अब वे भी हँसमुख हो गए थे। मामा को अब गंगाराम की शादी का खयाल आया।

गंगाराम को लगा यह भी भाग्य का ही चमत्कार है, क्योंकि वह विवाह करना चाहता भी था। शादी हो जाने से कोई उसके सुख-दुख की साथी बनेगी, उसका घर सँभालेगी और अगर वह सुन्दर हो तो कहना ही क्या! जिस तरह फूल सुन्दर होता है, चिड़िया की बोली जितनी सुन्दर होती है, उसी तरह उसकी पत्नी भी सुन्दर हो, गंगाराम यही चाहता था।

ऐसे समय एक दिन जब वह हाट में गया तो वहाँ उसे ढिंढोरा सुनाई पड़ा। बैकुंठ ग्राम से सात कोस दूर कनकपुर नगर से वह ढिंढोरची आया था। उसने ढिंढोरा बजाकर जो ऐलान किया वह इस प्रकार था—

'कनकपुर की राजकुमारी के पास एक सातशिरा पत्थर था, उसे एक बन्दर राजमहल में घुसकर उठा ले गया है। तभी से राजमहल में तरह-तरह की दुर्घटनाएँ हो रही हैं। राजकुमारी हँसना भूल गई हैं, वह दिनों दिन सूखती जा रही हैं। उस सातशिरा पत्थर से इन्द्रधनुष के सात रंग अपनी छटा बिखेरते थे। वह पत्थर अगर किसी को मिला हो तो उसे लौटाने पर राजा उस आदमी को एक हजार सोने की मुहरें इनाम देंगे।'

गंगाराम ने यह ऐलान सुना, इसके बाद एक पेड़ की आड़ में जाकर अपनी गाँठ से उस पत्थर को निकालकर उसे बड़े गौर से देखने लगा। हाँ, वाकई इसमें से भी इन्द्रधनुष के सात रंग जरूर आ रहे थे। तो क्या यह वही सातशिरा पत्थर था?

गंगाराम ने मन-ही-मन कनकपुर जाना तय किया। वहाँ के राजा को इसे दिखाकर पूछेगा कि 'क्या यह वही पत्थर है?' अगर यही हो तो वह इसे राजा को लौटा देगा। यह उसकी बड़ी प्रिय वस्तु थी, इसमें सन्देह नहीं मगर राजकुमारी की हालत सुनकर उसे बहुत दुख हुआ था। गंगाराम किसी का भी दुख सह नहीं सकता था। अगर उस दुख को दूर करने की उसमें क्षमता होती तो वह कतई पीछे नहीं रहता था।

उधर केष्टोपुर में भी इसी तरह ढिंढोरा बजाकर ऐलान किया गया, जिसे रघुनाथ ने सुना। उसने सोचा उसका फुफेरा भाई यानी गंगाराम इतना

मूर्ख है कि वह जरूर उस पत्थर को लौटाने कनकपुर जाएगा। रघुनाथ ने तय किया कि झाड़ियों में छिपा रहेगा और जैसे ही गंगाराम नजर आएगा, वह उसे घायल करके उससे पत्थर को छीन लेगा। उसे लेकर वह अपने पास ही रखेगा, राजा को लौटाएगा नहीं।

गंगाराम अगले दिन सुबह-सुबह चद्दर में लाई और बतासे गठियाकर दुर्गा जी को प्रणाम करके कनकपुर रवाना हो गया।

तीन कोस पैदल चलने के बाद एक जंगल के पास से गुजरते समय एक झाड़ी के पीछे से निकलकर हाथ में लाठी लेकर रघुनाथ गंगाराम की ओर दौड़ा। चूँकि रघुनाथ पीछे से आ रहा था इसलिए गंगाराम को कुछ पता नहीं चला। मगर इससे क्या! गंगाराम की रक्षा तो सातशिरा पत्थर कर रहा था। लाठी उसके सिर पर पड़ते ही वह सींक-सलाई की तरह पट से टूट गई। यह चमत्कार देखकर रघुनाथ वहाँ से भागा क्योंकि उसे पता था कि खाली हाथ गंगाराम से लड़कर वह जीत नहीं पाएगा।

कनकपुर पहुँचते-पहुँचते दोपहर ढल गई। वहाँ का राजमहल काफी दूर से नजर आता था। वह सीधा फाटक के सामने पहुँच गया। पहरेदार ने उसे रोका तो उसने कहा, "मैं राजकुमारी के लिए सातशिरा पत्थर लाया हूँ।"

पहरेदार ने उस पत्थर को देखना चाहा तो गंगाराम ने अपने कमरबन्द से निकालकर उसे दिखा दिया। यह देखकर पहरेदार ने न केवल उसे जाने दिया बल्कि एक दूसरे पहरेदार को उसे राजा से भेंट कराने के लिए उसके साथ भेज दिया।

राजा इन दिनों राजसभा में नहीं जा रहे थे, मन्त्री राज का काम देख रहे थे। वे बेहद दुखी होकर अपने कमरे में लेटे हुए थे।

गंगाराम ने राजा के सामने जाकर उन्हें झुककर प्रणाम करने के बाद कहा, "महाराज, मैं ऐसा पत्थर लाया हूँ, आप देखकर बताइए, यह वही सातशिरा पत्थर है कि नहीं।"

राजा उठकर बैठ गए। उनके मन में नई आशा जगी।

उन्होंने कहा, "कहाँ है वह पत्थर?"

गंगाराम ने दिखा दिया। राजा की आँखें चमकने लगीं। खुशी से चीखते हुए बोले, "यही तो वह पत्थर है।"

उन्होंने गंगाराम की ओर देखकर कहा, "जरा रुको, तुम्हारा इनाम तुम्हें दे दूँ। साथ ही मेरे सिपाही तुम्हें तुम्हारे गाँव तक छोड़ आएँगे। साथ में इतना धन अकेले ले जाना निरापद नहीं है।"

खजाने से एक व्यक्ति एक मखमल की थैली में सोने की हजार मुहरें ले आया। उस थैली को उसने गंगाराम के हाथों में थमा दिया। गंगाराम ने थैली खोलकर कहा, "अरे, यह चीज तो मेरे पास भी न जाने कितनी है, इससे ज्यादा ही होंगी। खेत जोतते वक्त जमीन के अन्दर से मिली थी। आपकी इस चीज की मुझे जरूरत नहीं, मेरे पास काफी है।"

राजा हैरान रह गए। ऐसी बात उन्होंने कभी नहीं सुनी थी। वे बोले, "यह तुम्हारा इनाम है, तुम्हारा हक है। तुम्हें लेना ही पड़ेगा।"

"ऐसा है तो दे दीजिए। जब आप इतना कह रहे हैं तो इनकार कैसे करूँ। लेकिन महाराज एक बात कहनी थी।"

"कैसी बात?"

"जिसके लिए यह सातशिरा पत्थर ले आया, उस राजकुमारी को देखने की मुझे बड़ी इच्छा है। मैंने कभी कोई राजकुमारी नहीं देखी।"

राजा की भौंहें तन गईं। बोले, "यह कैसी बात कर रहे हो तुम? राजकुमारी को देख पाना क्या इतना आसान है? वह अपने खास कमरे में रहती है। उसकी शादी की बात चल रही है। वह अब बड़ी भी हो गई है।"

"शादी की बात तो मेरी भी चल रही है महाराज जी!" गंगाराम ने कहा, "मेरी समझ में नहीं आ रहा है कि देखने में क्या दोष है? मैं तो एक बार देखकर ही चला जाऊँगा।"

अचानक सभी को हैरानी में डालकर राजा के कमरे का परदा

सरकाकर एक परम सुन्दरी लड़की कमरे में चली आई।

"सुनयना तुम?" राजा चौंक गए।

"मेरा पत्थर वापस करने जो आया है उसे एक बार देखने की मेरी बड़ी इच्छा हुई।" राजकुमारी सुनयना बोली, "यह अनमोल पत्थर खुद न रखकर जो दूसरे को सौंपने आया हो, वह मामूली आदमी नहीं है। ऐसा सौभाग्य लानेवाला पत्थर दूसरा नहीं है। जिसके पास यह पत्थर होता है उसकी तकदीर बदल जाती है।"

गंगाराम ने चकित होकर राजकुमारी से कहा, "शायद यह बात ठीक हो, क्योंकि इसके पाने के बाद ही से मेरे जैसे गरीब का भाग्य भी बदल गया। अब जब पत्थर मेरे पास नहीं रहेगा..."

"तो फिर तुम पहले जैसे हो जाओगे," राजकुमारी बोली, "मुझे यह पत्थर वापस नहीं चाहिए। मेरे पिता ने ही जबरदस्ती ऐलान करवा दिया था। मुझे सचमुच कोई अभाव नहीं है। अभाव तो तुम्हें है।"

"अभावों में ही मैं पला-बढ़ा हूँ" गंगाराम ने कहा, "इसलिए अभाव का अभाव क्या होता है, मुझे पता नहीं। मगर एक बात बता सकता हूँ, इस पत्थर ने मुझे काफी सोने की मुहरें दी हैं। इतने दिनों तक यह बात समझ नहीं पाया था, आज समझ में आई है। मुझे लगता है जब इनसे मेरा जीवन आराम से कट जाएगा, तब मुझे अब किसी पत्थर की जरूरत क्या। वह आपकी चीज थी आप ही के पास रहे।"

"मगर एक बात कह दूँ, इस पत्थर के गुण से मिली सोने की मुहरें इसके न रहने पर तुम्हारे पास भी नहीं रह सकती हैं। तब तुम क्या करोगे?"

"इसे पाने से पहले जैसा चल रहा था, उसी तरह आगे भी चलेगा।"

"यह नहीं हो सकता। यह पत्थर तो हम दोनों के पास ही रह सकता है।" राजकुमारी की इस बात से सभी चौंक गए।

गंगाराम ने कहा, "यह बात ठीक लगी है। अगर तुम्हारे साथ मेरी शादी हो जाए तो यह पत्थर हम दोनों के पास ही रह सकता है।

राजा को इस बार मजबूरन मुँह खोलना पड़ा। वे गंगाराम से बोले, "यह सब तो समझ गया। मगर मैं तो ज्यादा दिन जिऊँगा नहीं और मेरा कोई बेटा भी नहीं है। मेरे न रहने पर तुम राजकाज चला सकोगे?"

गंगाराम ने कहा, "इतने दिनों तक खेत में हल चलाया, अब जरूरत पड़ने पर राज्य भी चलाऊँगा। फसल पैदा करना भी तो आसान काम नहीं होता। उसमें काफी सोचना पड़ता है, मेहनत भी काफी करनी पड़ती है। और राज-काज का क्या, इसका आधा काम तो मन्त्री करते हैं! आप भी अकेले कितना करते हैं, महाराज?"

"बात तो पते की कही।" राजा ने कहा।

"फिर कोई चिन्ता नहीं," गंगाराम ने कहा। फिर कुछ रुककर बोला, "ठीक है, तो अब चलता हूँ। आप शुभ दिन निकलवाइए, शादी की तैयारी कीजिए। मुझे अपने मामा को जाकर यह खबर देनी होगी।...राजकुमारी चलता हूँ। फिर भेंट होगी। हाँ, मेरा नाम तो किसी ने पूछा ही नहीं, मेरा नाम है गंगाराम!"

दरवाजे के पास खड़ी राजकुमारी परदा गिराकर खुशी से वहाँ से भागी चली गई।

घर वापस लौटकर चौखट से ठोकर खाते ही गंगाराम को उस पत्थर के न होने का मतलब समझ में आ गया। पता चला, मामा की गठिये की बीमारी भी बढ़ गई थी। और सबसे हैरानी की बात थी उसकी खाट के नीचे रखी उस घड़े को जब उसने खोला तो उसमें देखा मिट्टी भरी थी।

मगर उसे अब किसी बात की चिन्ता नहीं थी क्योंकि अब उसके साथ आगे जो होने वाला था उसमें अब वह यह नहीं कह सकता था कि उसकी तकदीर खराब है।

# कन्हाई के जगाई बाबा

**नसू** वैद करीब पाँच मिनट तक बलराम की नाड़ी पकड़कर बैठे रहे। बलराम का सत्रह साल का लड़का कन्हाई सिरहाने खड़ा होकर वैद जी को देखे जा रहा था। उसका पिता आज दस दिन से बीमार था। भोजन में उसकी कोई रुचि नहीं रह गई थी। लगातार दस दिनों से कुछ न खाने के कारण वह बेहद दुबला हो गया था। उसकी आँखें कोटरों में धँस गई थीं। उसका पूरा शरीर सफेद हो गया था। तीन कोस पैदल चलकर कन्हाई, नसू वैद के हाथ पैर जोड़कर उन्हें अपने पिता के इलाज के लिए ले आया था। उसके पिता के रोग का क्या नाम था, कन्हाई को पता नहीं था। क्या वैद जी को पता था? उनकी सिकुड़ी भौंहें देखकर न जाने कैसा सन्देह होता था। कन्हाई की चिन्ता थी कि अगर उसके पिता को कुछ हो गया तो उसके सिर पर आसमान टूट पड़ेगा। अपना कहने को उसका और कोई नहीं था। नन्दीग्राम में वे दोनों बाप-बेटे रहते थे।

दो बीघा जमीन और एक जोड़ी बैल यही उनकी पूँजी थी। उनके खेत में जो पैदा होता था उससे उन दोनों का पेट किसी तरह भर जाता था। कन्हाई की माँ की मौत पाँच साल पहले चेचक से हुई थी और इस वक्त उसके पिता की यह हालत थी।

वैद जी ने नाड़ी छोड़ दी। फिर गम्भीरता से सिर हिलाकर बोले, "चाँदनी।" नसू वैद की ख्याति दूर-दूर तक फैली थी। उनका नाड़ी-ज्ञान ऐसा-वैसा नहीं था। उनके जवाब दे देने पर रोगी को बचाना शंकर भगवान के भी वश में नहीं था; और जब वे दवा बता दें तो फिर उस दवा से रोगी का चंगा होना निश्चित था। मगर यह चाँदनी क्या चीज थी? कन्हाई ने भौंहें सिकोड़कर पूछा, "जी, यह क्या चीज है?"

"चाँदनी के पत्ते का रस पिलाना होगा, तभी रोग ठीक होगा। इसका संस्कृत में नाम चन्द्रायणी है। और इस रोग का नाम है सुखनाई।"

"चाँदनी क्या किसी पेड़ का नाम है?" घूँट निगलते हुए कन्हाई ने पूछा।

नसू वैद ने ऊपर-नीचे दो बार सिर हिलाया। लेकिन उनकी भौंहें सिकुड़ी ही रहीं।

"मगर चाँदनी का पेड़ तो इतनी आसानी से नहीं मिलेगा बेटा!" आखिर में उनके मुँह से यह बोल फूटा।

"फिर?"

"तुम्हें बादड़ा के जंगल में जाना होगा। वहाँ महाकाल का एक टूटा-फूटा मन्दिर है। उसके उत्तर की ओर पचीस कदम बढ़ते ही तुम्हें चाँदनी का पेड़ नजर आएगा। लेकिन वह यहाँ से पाँच कोस दूर है। इतनी दूर जा पाओगे?"

"जरूर जाऊँगा!" कन्हाई ने कहा, "मुझे पैदल चलने में कोई कष्ट नहीं होता।"

यह कहते ही कन्हाई के दिमाग में एक और बात आई।

"मगर वैद जी, मैं उस पेड़ को पहचानूँगा कैसे?"

"उसके पत्ते छोटे-छोटे नुकीले बैंगनी रंग के होते हैं। उसपर पीले फूल खिलते हैं, जिनकी गन्ध बड़ी लुभावनी होती है। बीस हाथ दूर से उनकी गन्ध मिलने लगती है। अर्थात उनकी गन्ध के आगे पारिजात की गन्ध भी फीकी लगती है। चाँदनी का पेड़ तीन-चार हाथ से ज्यादा ऊँचा नहीं होता। उसकी एक पत्ती पीसकर उसका रस पिलाते ही रोगी चंगा हो जाता है। बीमारी बाप-बाप कहकर भाग जाती है। शरीर में दो दिनों में ही फुर्ती आ जाती है। मगर अब सिर्फ दस दिन का वक्त ही रह गया है। दस दिनों में न पिलाने पर— "

नसू वैद ने अपनी बात अधूरी छोड़ दी।

"मैं कल सुबह होते ही निकल पड़ूँगा वैद जी!" कन्हाई ने कहा, "गनेश ताऊ से कह जाऊँगा, मेरे न रहने पर वह मेरे पिता को जरा देख जाया करें। लगता है उन्हें कुछ खिलाया-पिलाया तो नहीं जा सकेगा।"

नसू वैद ने सिर हिलाया—"यह कोशिश अब छोड़ो। इस बीमारी का यही लक्षण है। पेट में कुछ भी नहीं पचता और दिनोंदिन शरीर सूखता जाता है। मगर चाँदनी का रस इसकी अचूक औषधि है। खैर, बाकी बातें बीमारी ठीक हो जाने के बाद होंगी।"

पड़ोसी गणेश सामन्त को पिता की देखभाल करने का अनुरोध करके अगले दिन भोर में गमछे में गुड़-चिवड़ा बाँधकर कन्हाई बादड़ा के जंगल की ओर रवाना हो गया। वहाँ पहुँचते-पहुँचते दिन ढल जाने की सम्भावना थी, मगर कन्हाई को इसकी परवाह नहीं थी। अपने पिता को वह भगवान की तरह मानता था और बाप भी बेटे को अपनी जान से ज्यादा चाहता था। एक भले-चंगे व्यक्ति को अचानक न जाने क्या हो गया, देखते-देखते सूखकर आधा हो गया।

रास्ता न जानने के कारण उसे बार-बार लोगों से पूछना पड़ रहा

था। जंगल का नाम सुनते ही सभी पूछते—"उस जंगल में क्या काम है?" उनकी बातों से कन्हाई को लग गया कि बादड़ा का जंगल बेहद खतरनाक है। मगर इससे क्या! अपने पिता के लिए चाँदनी के पत्ते का जुगाड़ करने में कन्हाई अपनी जान की बाजी लगा देने से पीछे हटनेवाला नहीं था।

सूरज की जब लम्बी-लम्बी छायाएँ पड़ने लगी थीं तब एक धान के खेत के उस पार कन्हाई को एक जंगल नजर आया। खेत से एक किसान कन्धे पर हल रखे घर लौट रहा था। उससे पूछने पर कन्हाई को अब सन्देह नहीं रहा कि वही बादड़ा का जंगल था। कन्हाई ने अपनी चाल तेज कर दी।

साल, सागौन, सेजल आदि के साथ और भी न जाने कितने पेड़ों वाले उस घने जंगल में कहीं भी सूरज की रोशनी पहुँचती ही नहीं थी। उस विशाल जंगल में तीन-चार हाथ ऊँचा पेड़ ढूँढ़ निकालना क्या आसान काम था? नजदीक ही एक मन्दिर नजर आने से कन्हाई को थोड़ी राहत मिली।

बीस-पचीस हाथ अन्दर जाते ही कन्हाई को हिरणों का एक झुंड नजर आया। उसे देखकर हिरण भाग गए। हिरणों की तो कोई बात नहीं मगर कोई हिंसक जानवर सामने आ जाय तो? खैर सोचने से कोई फायदा नहीं था। उसका लक्ष्य अब एक ही था, पहले महाकाल का मन्दिर, उसके बाद चाँदनी का पेड़ ढूँढ़ निकालना।

उस मन्दिर को देखने के पहले कन्हाई को एक गन्ध मिली थी। तेज गन्ध नहीं, बहुत हल्की; ऐसी कि उसकी सारी थकान दूर हो गई।

इस बार एक महुआ का पेड़ पार करने के बाद उसे अब एक मन्दिर नजर आया। दिन ढलने के करीब था, मगर मन्दिर के चारों तरफ के पेड़ उतने घने न होने के कारण सूरज की ढलती धूप यहाँ-वहाँ पसरी हुई थी।

"तू कौन है रे?"

यह प्रश्न सुनते ही कन्हाई चौंक कर तीन हाथ उछल गया। वहाँ

कोई और भी हो सकता था, कन्हाई ने इसे सोचा भी नहीं था। इस बार उसने मुँह घुमाकर देखा कि एक गोल पत्ते की छाजन के सामने तीन हाथ लम्बी सफेद दाढ़ीवाला एक आदमी उसकी ओर भौंहें सिकोड़े देख रहा था।

"तू जो ढूँढ़ रहा है वह यहाँ नहीं मिलेगा।" इस बार बूढ़े ने कुछ कदम आगे बढ़कर कहा। उसकी बात सुनकर कन्हाई ने हैरत से सोचा, तो क्या यह बूढ़ा मन की बात समझ लेता है?

कन्हाई ने पूछा, "जो ढूँढ़ रहा हूँ उसे तुम जानते हो?"

"ठहर, जरा याद कर लूँ। तुझे देखते ही समझ गया था लेकिन अचानक मैं सब भूल गया। अब भला एक सौ छप्पन साल की उम्र में जवानों जैसी स्मरण-शक्ति कैसे हो सकती है?"

बूढ़े ने सिर झुकाकर दाएँ हाथ से अपने गाल को खुजलाते हुए अचानक अपने सिर को सीधा करते हुए कहा, "याद आ गया है। चाँदनी! तेरा बाप बीमार है, तू उसके लिए चाँदनी के पत्ते लेने आया है। आज दोपहर तक वह पेड़ इस मन्दिर की उत्तर दिशा में मौजूद था। मगर अब नहीं है। जाकर देख, जड़ समेत उखाड़ कर ले गया है।"

कन्हाई की छाती जोर से धड़कने लगी। इतनी मेहनत इस तरह बेकार हो जाएगी? वह मन्दिर को लक्ष्य करके बढ़ता गया। उत्तर दिशा में। उत्तर दिशा किधर थी? हाँ, इस तरफ। यही वह गड्ढा है। यहीं पर चाँदनी का पेड़ था जिसे जड़ समेत कोई उखाड़ कर ले गया था! मगर वह था कौन?

कन्हाई की आँखों में आँसू आ गए। वह बूढ़े के पास लौट आया।

"उस पेड़ को कौन ले गया? कौन था वह?"

"रूपसा का मंत्री सिपाहियों के साथ आकर पूरा पेड़ ही उखाड़कर ले गया। रूपसा की जनता बीमार हो गई है—सुखनाई की बीमारी लग गई है। बीस दिन तक भूखे-प्यासे रहने के बाद उन लोगों के हाथ-पैर सूख

जाते हैं। उसकी एकमात्र दवा चाँदनी के पत्ते का रस है।"

कन्हाई को अब किसी से बात करने का मन नहीं कर रहा था। वह आँखों के सामने अँधेरा देख रहा था। लेकिन तभी बूढ़े ने एक अद्‌भुत बात कही।

"चाँदनी जरूर यहाँ नहीं है पर मुझे साफ नजर आ रहा है कि तेरा पिता अच्छा हो जाएगा।"

कन्हाई चौंक गया।

"आपको ऐसा नजर आ रहा है, सचमुच? मगर बिना दवा के मेरे पिता कैसे अच्छे होंगे? क्या आपको पता है कि यह पेड़ और कहाँ मिलेगा।"

बूढ़े ने सिर हिलाया—"नहीं, और कहीं नहीं है। बस यहीं पर था, मगर अब वह रूपसा के राज्य में चला गया है।"

"वह यहाँ से कितनी दूर है?"

बूढ़ा शायद फिर भूल गया था। इसीलिए याद करने की कोशिश में सिर झुकाकर अपने सिर के गंज को खुजलाने लगा।

"हाँ, याद आ गया। तीस कोस रास्ता है। काफी बड़ा राज्य है।"

अब कन्हाई को भी याद आ गया। उसने कहा, "रूपसा, जहाँ के हथकरघे के कपड़े बहुत मशहूर हैं?"

"ठीक पहचाना। रूपसा की साड़ी, धोती, चादरों की बाहर बड़ी माँग है। ऐसे खूबसूरत कपड़े और कहीं नहीं बुने जाते।"

"आपको इतनी जानकारी कैसे हुई? आप हैं कौन?"

"मैं त्रिकालज्ञ हूँ। मेरा एक नाम है। मगर वह याद नहीं आ रहा है। हाँ, तुझे एक बार रूपसा जाना ही होगा। चाँदनी को तो ढूँढ़ना ही पड़ेगा।"

"लेकिन वैद जी ने कहा है कि इन दस दिनों में अपने पिता को दवा न खिला पाने पर वे बचेंगे नहीं। ऐसे में एक दिन तो बीत ही गया।"

"इससे क्या हुआ। जो करना है तुझे, झटपट कर ले।"

"कैसे करूँ? तीस कोस रास्ता। वहाँ जाना है, फिर उस पेड़ को ढूँढ़ना होगा, फिर वापस लौटना...।"

"अरे हाँ, याद आया।"

बूढ़ा इस बार अपनी झोपड़ी में जाकर वहाँ से एक झोला ले आया। उसके बाद उसमें से तीन गोल-गोल चीजें बाहर निकालीं। उन तीनों में एक का रंग लाल, दूसरे का नीला और तीसरे का पीला था।

"यह देख!" बूढ़े ने लाल गोले को हाथ में लेकर कहा, "यह एक प्रकार का फल है। इसे खाने पर तू हिरण से भी तीन गुना तेज दौड़ सकता है। एक कोस रास्ता तू तीन मिनट में पूरा कर लेगा। इसका मतलब तू डेढ़ घंटे में रूपसा पहुँच जाएगा। ये तीनों फल मैं तुझे दे रहा हूँ।"

"लेकिन नीला और पीला फल खाने से क्या होता है?"

"तूने तो मुश्किल में डाल दिया।" कहकर बूढ़े ने सिर झुकाकर कुछ देर सोचा। फिर दाएँ-बाएँ सिर हिलाकर बोला, "उहूँ, कुछ याद नहीं पड़ रहा है। मगर कुछ होता जरूर है और यह तेरे काम ही आएगा। अगर कभी याद आया तो मैं तुझे बताऊँगा।"

"कैसे बताएँगे? मैं तो चला जाऊँगा।"

"एक तरीका है।"

बूढ़े ने फिर झोले में हाथ डालकर इस बार एक सीप बाहर निकाली। वह हथेली-जैसे आकार की थी। सच बात यह थी कि कन्हाई ने कभी इतनी बड़ी सीप नहीं देखी थी। उसे कन्हाई को देकर बूढ़ा बोला, "इसे साथ रखना। मुझे कुछ कहने की जरूरत होगी तो मैं तेरा नाम लेकर पुकारूँगा। तेरा नाम कन्हाई है न?"

"जी।"

"मेरी आवाज तुझे इस सीप से सुनाई देगी। यह तेरी धोती की गाँठ में भी होगी तो भी तू सुन लेगा। फिर इस सीप को कान से लगाने पर मेरी

बात सुन पाएगा। मेरी बात जब खत्म हो जाएगी तब सीप से समुद्र के गरजने की आवाज आएगी। तब इस सीप को फिर से अपनी धोती की टेंट में बाँध लेना।"

कन्हाई ने उस सीप को टेंट में बाँध लिया। बूढ़े ने चारों तरफ देखते हुए कहा, "आज तो शाम ढल गई है। तू अब रूपसा जाकर कुछ कर नहीं पाएगा। तू आज रात को मेरी कुटिया में रुक जा, कल भोर होते ही रवाना हो जाना। ऐसे में तुझे वहाँ पूरा दिन मिल जाएगा, वहाँ काफी काम कर लेगा। मेरे पास फल-मूल हैं, आज वही खा।"

कन्हाई राजी हो गया। हालाँकि उसकी इच्छा हो रही थी कि लाल फल खाकर तुरन्त रवाना हो जाय। उस बूढ़े की बात कितनी ठीक थी इसे परखने की भी इच्छा हो रही थी, लेकिन अपनी इच्छा उसने दबा ली। सुबह चलना ही हर तरह से ठीक होगा।

"हाँ," बूढ़े ने कहा, "याद आ गया। मुझे लोग जगाई बाबा कहते हैं। तू भी यही कहना।"

अगले दिन सुबह लाल फल खाकर जगाई बाबा से विदा लेकर सड़क पर पैर रखते ही कन्हाई को लगा कि उसके शरीर में खून बड़ी तेजी से दौड़ने लगा है, इसके बाद चलते हुए उसने देखा कि उसे चलने की बजाय दौड़ने की जरूरत है। वह दौड़ कैसी बेदम दौड़ थी, उसे अब कैसे बताऊँ! रास्ते के दोनों ओर पेड़-पौधे, घर-द्वार, लोग-बाग, गाय-बकरियाँ सब तीर की गति से विपरीत दिशा में चले जा रहे थे, पैरों के नीचे से जमीन सनसनाकर छूटती जा रही थी, दुकानों के पास हवा के सों-सों शब्द से लगता था, कान में ताला लग गया है, देखते-देखते दोनों तरफ के दृश्य बदलते जा रहे थे—गाँव से शहर, शहर से खेत-खलिहान, खेतों से जंगल, जंगल से फिर गाँव। रास्ते में दो नदियाँ पड़ीं, क्षण में वह नदी कन्हाई के पैरों के

नीचे से खिसक गई, एड़ी तक को भीगने का वक्त नहीं मिला।

दिन चढ़ने के पहले कन्हाई को सामने एक बड़ा शहर नजर आया। उसने दौड़ना बन्द कर दिया और पैदल चलने लगा। बाकी रास्ता उसे उसी तरह पैदल चलना था, नहीं तो दूसरे राहगीर क्या सोचते? उसकी ओर लोगों का ध्यान जाय, यह कन्हाई नहीं चाहता था।

शहर में जाने के मुहाने पर एक फाटक था। उसके दोनों तरफ दो सिपाही हथियार लिये खड़े थे। इस बात को वह पहले से नहीं जानता था इसलिए कन्हाई को थोड़ी परेशानी हुई। सिपाहियों ने कन्हाई को देखते ही उसको रोकने की कोशिश की, इसलिए लाचारी में कन्हाई को पैदल दौड़ना पड़ा। फलस्वरूप कन्हाई ऐसी जगह पहुँच गया जहाँ से फाटक ठीक से नजर ही नहीं आता था।

अब कोई चिन्ता की बात नहीं थी। कन्हाई अब बाजार से होकर जा रहा था। रास्ते के दोनों ओर दुकानों की कतारें थीं, जिनमें कपड़ों की दुकानें ही ज्यादा थीं। उन कपड़ों की खूबसूरती देखकर कन्हाई चकित रह गया। देश-विदेश के लोग उन कपड़ों को देख रहे थे, मोल-भाव कर रहे थे और खरीद रहे थे। लेकिन कन्हाई को एक चीज बहुत विचित्र लगी। उसे किसी भी दुकानदार के चेहरे पर हँसी नजर नहीं आई। एक और विचित्र बात थी, हाट में जगह-जगह सिपाही भाले लिये हुए तैनात थे।

कन्हाई को बड़ा कुतूहल हुआ। उसने एक कपड़े की दुकान में जाकर दुकानदार से पूछा, "इस शहर का नाम रूपसा है?" उसने बिना कुछ कहे सर हिलाकर हाँ में जवाब दिया। इस बार कन्हाई ने पूछा, "भाई, तुम सभी इतने उदास क्यों नजर आ रहे हो? दुकानदारी तो बढ़िया चल रही है, फिर भी तुम सबके चेहरे खिले हुए क्यों नहीं हैं?"

उस आदमी ने थोड़ा इधर-उधर देखकर कहा, "लगता है तुम बाहरी आदमी हो।"

कन्हाई ने कहा, "हाँ। मैं अभी-अभी यहाँ आया हूँ।"

"इसीलिए तुम नहीं जानते," दुकानदार ने कहा, "यहाँ पर महामारी फैल गई है।"

"महामारी?"

"सुखनाई महामारी। इस समय ताँतीपाड़ा में उसका प्रकोप है, मगर उसे फैलने में कितने दिन लगेंगे? कपड़े के कारीगर खाना न खा पाने के कारण सूखकर मरते जा रहे हैं।"

"मगर—"

कन्हाई ने चाहकर भी उससे दवाई की बात नहीं बताई। हैरत की बात थी। उस राज्य के मंत्री जाकर चाँदनी का पेड़ ले आए थे, फिर क्यों जुलाहों की बीमारी दूर नहीं हो रही थी? तो क्या उस पेड़ के पत्तों से कोई लाभ नहीं होता? एक पेड़ में कितने पत्ते होते हैं? चार-पाँच सौ तो होते ही होंगे। उसके एक पत्ते से ही एक आदमी की बीमारी ठीक होने की बात कही जाती है। तो फिर वह पेड़ गया कहाँ?

कन्हाई दुकान से चल पड़ा। उसे याद आया कि उसके यहाँ आने का एकमात्र उद्देश्य चाँदनी के पत्ते हासिल करना है। मगर वह उस पेड़ तक पहुँचेगा कैसे? मंत्री ने वह पेड़ कहाँ छिपा रखा है, इसका पता उसे कैसे चलेगा?

कन्हाई चलता रहा। बाजार से निकलकर वह एक मुहल्ले में आ पहुँचा। वहाँ पर चारों तरफ से रोने की आवाजें आ रही थीं। तो क्या यही ताँतीपाड़ा था?

रास्ते के किनारे कन्हाई को एक बूढ़ा बैठा नजर आया। कन्हाई उसके पास चला गया।

"जी, क्या यही ताँतीपाड़ा है?" कन्हाई ने पूछा।

बूढ़े ने गहरी साँस लेकर कहा, "हाँ, यही है। मगर अब यहाँ के

कपड़े के कारीगर ज्यादा दिन नहीं रहनेवाले। रोग से हर रोज औसतन चार जुलाहे मर रहे हैं। शशि गया, लक्ष्मण गया, नीलमणि गया, बेचाराम गया—यही हाल है। इस रोग का तो कोई इलाज नहीं है। अभी तक मैं रोग की पकड़ से बचा हुआ हूँ, मगर कितने दिन?"

"ऐसा क्यों कह रहे हो कि इलाज नहीं? एक पेड़ का पत्ता खाने से ही तो यह रोग ठीक हो जाता है। उस पेड़ को तो तुम्हारे मंत्री जी बादड़ा के जंगल से जाकर ले आए हैं।"

"इससे जुलाहों का क्या लाभ? वह पेड़ तो मंत्री महोदय हम लोगों को नहीं देंगे।"

"क्यों, देंगे क्यों नहीं?"

"हमारा राजा बड़ा सर्वनाशी है।" बूढ़े ने इधर-उधर कुछ सन्देह से देखा। फिर धीमी आवाज में बोला, "यह राजा पिशाच है। सिपाहियों के भालों की नोक पर जुलाहों से कपड़े बुनवाता है। जो नहीं बुनते उन्हें सूली पर चढ़ा देता है। रूपसा के कपड़े बाहर से सौदागर आकर खरीद ले जाते हैं। जो आय होती है उसका दो-तिहाई हिस्सा राजा के खजाने में चला जाता है। जुलाहों ने मिलकर उस राजा को हटाकर उसके बेटे को सिंहासन पर बिठाने का इरादा किया था। इस बात को किसी ने राजा तक पहुँचा दिया। दुर्भाग्य से उसी समय यह महामारी फैल गई। राजा तो चाहता ही है कि यहाँ के सब कारीगर मर जाएँ। इसीलिए दवा लाकर उसे छिपा दिया है।"

कन्हाई को बड़ा बुरा लगा। रूपसा का राजा ऐसा शैतान है? वह जैसे भी हो चाँदनी के पत्ते लाकर इन कारीगरों को देगा। चाहे कुछ भी करना पड़े।

बूढ़े ने आगे कहा, "राजा शैतान है, लेकिन उसका बेटा—राजकुमार, वह बहुत भला है। तुम्हारी उम्र का ही होगा। वह अगर राजा बनेगा तो इस

राज्य का दुःख दूर हो जाएगा।"

"इस राजा को हटाने का क्या कोई रास्ता नहीं है?"

"हो भी तो भला हम क्या जानें! हम लोग मूरख आदमी हैं, हम लोग सिर्फ कष्ट उठाना ही जानते हैं।"

उसे बूढ़े से एक और बात जाननी थी।

"राजमहल किस तरफ है, बता सकते हो?"

"इस रास्ते से सीधा जाने पर राजमार्ग पड़ेगा। बाईं ओर घूमने पर दूर राजा के किले का फाटक नजर आएगा। मगर तुम्हें वहाँ जाने कौन देगा। वहाँ काफी कड़ा पहरा रहता है।"

बूढ़े से विदा लेकर कुछ दूर जाते ही कन्हाई को राजमार्ग मिल गया। बाईं ओर घूमने पर उसे सचमुच दूर किले का फाटक नजर आ गया।

कन्हाई ने इस बीच तरीका सोच लिया था। वह जब मजे से पैदल चलता हुआ फाटक से बीस हाथ दूर पहुँचा, और पहरेदारों ने उसे जैसे ही सन्देह की नजरों से घूरा तभी वह फाटक की ओर तेजी से भागा।

पलक झपकते ही कन्हाई पहला और दूसरा फाटक पार करके एक बगीचे में पहुँच गया। वहाँ आसपास किसी को न देखकर कन्हाई रुक गया। बाईं ओर बगीचा था, जिसके चारों तरफ सफेद पत्थरों का दालान था।

कन्हाई अब क्या करे, यही सोचता हुआ आगे बढ़ने लगा। उस बगीचे में ढेरों फूल खिले हुए थे, चारों तरफ रंगों का जैसे मेला लगा था। कौन कहेगा उस राज्य में सुखनाई की महामारी फैली हुई थी।

उन्हीं फूलों के बीच ही क्या वह चाँदनी का पेड़ था? छोटे-छोटे नुकीले बैंगनी पत्तों और पीले फूलों वाला पेड़। अगर वह यहीं पर हो तो उसका काम कितना आसान हो जाए।

इधर-उधर देखते हुए कन्हाई आगे बढ़ रहा था। अचानक उसकी पीठ पर एक हाथ पड़ा और दूसरे हाथ ने उसकी कमर पकड़कर उसे

ऊपर उठा लिया। कन्हाई ने देखा, वह एक लम्बे-चौड़े पहरेदार की कैद में था।

पहरेदार कन्हाई को सीधे राजसभा में ले गया। कन्हाई ने देखा रूपसा के राजा सिंहासन पर बैठे थे और उन्हें उनके सभासद घेरे हुए थे। राजा वाकई शैतान लगते थे, इसे उनकी छोटी-छोटी आँखें, घनी भवें और गलपट्टे को देखते ही समझ में आ जाता था।

"इसे कहाँ से उठा लाया?" राजा ने कन्हाई को घूरते हुए पहरेदार से पूछा।

"महाराज, यह अन्दर महल के बगीचे में खड़ा कुछ टोह ले रहा था।"

"दो-दो हथियारबन्द पहरेदारों के होते हुए यह फाटक से अन्दर कैसे आ गया?"

"यह नहीं जानता महाराज!"

"हूँ, बलवन्त और यशवन्त को सूली पर चढ़ा दो। फाटक पर नए पहरेदार तैनात करो। इस राज्य में कामचोरी की सजा मौत है।"

महाराज के पास खड़े दो-तीन कर्मचारी आदेश-पालन करने के लिए उठ खड़े हुए।

राजा ने इस बार कन्हाई की ओर देखा।

"हाँ, अब अपने बारे में बता। तेरा नाम क्या है?"

"जी, मेरा नाम कन्हाई है।"

"कहाँ से आ रहा है?"

कन्हाई ने सोच लिया था कि राजा से सबकुछ सच नहीं कहेगा। उसने कहा, "जी, बगल के गाँव से।"

"कागमारी?"

"जी हाँ।"

"बगीचे में क्या ढूँढ़ रहा था?"

"कुछ तो नहीं। बस खड़ा था।"

लगा राजा कुछ निश्चिन्त हुआ। उसने कहा, "ठीक है, अब इसे जेल में डाल दो। बाद में इसका फैसला किया जाएगा।"

तीन मिनट में कन्हाई ने देखा वह जेल की कोठरी में बन्द है। लोहे के सींखचोंवाला दरवाजा खड़ाक शब्द से बन्द होते ही वह हताश होकर उस कोठरी के एक कोने में बैठ गया। अब सिर्फ आठ दिन बाकी थे। कन्हाई ने सोचा, इस बीच चाँदनी का पत्ता लेकर गाँव वापस न लौटने पर वह अपने पिता को हमेशा के लिए खो देगा।

कन्हाई पहले कभी इतना हताश नहीं हुआ था। उसे जगाई बाबा की याद आ गई। नीला और लाल दोनों फल तथा वह सीप अभी भी उसकी टेंट में बँधी थी। मगर जगाई बाबा ने अभी तक उसे याद क्यों नहीं किया? इन फलों से क्या काम हो सकता है, कन्हाई को अभी भी इसके बारे में नहीं पता था।

उस कोठरी में बस एक छोटा-सा रोशनदान था। पश्चिम दिशा में होने के कारण शाम की धूप वहाँ से भीतर आ रही थी। धूप का रंग देखकर कन्हाई समझ गया कि सूरज अब ढलने ही वाला था।

धीरे-धीरे उस रोशनी के खत्म हो जाने के बाद कमरे में अँधेरा छा गया। उसकी कोठरी के बाहर एक पहरेदार था जो पहरा दे रहा था। उसके बूटों की खट-खट आवाज से कन्हाई को नींद आ गई। फिर कुछ ही पलों के बाद कन्हाई को कुछ होश न रहा।

इसी तरह सोते-जागते, कैदखाने का न खाया जाने वाला खाना खाते हुए तीन दिन बीत गए। अब कुल पाँच दिन बाकी रह गए थे। शाम ढलने वाली थी, कन्हाई की आँखें बोझिल होने लगी थीं, अब उसकी आशा

निराशा में बदल गई थी, ऐसे समय वह अचानक सजग हो गया। बाहर पहरेदार अभी भी चहलकदमी कर रहा था, बाहर कोई मशाल जला गया था, उसकी रोशनी में फाटक के सींखचों की लम्बी-लम्बी छाया कारागार के फर्श पर पड़ रही थी।

लेकिन कन्हाई की नींद क्यों टूट गई?

ध्यान देते ही उसे कारण समझ में आ गया।

उसके टेंट की सीप से आवाज आ रही थी—

"कन्हाई! कन्हाई! कन्हाई!"

कन्हाई ने झटपट सीप को निकालकर कान पर रख लिया। फिर उसे जगाई बाबा की आवाज स्पष्ट सुनाई देने लगी—

"सुन कन्हाई, ध्यान लगाकर सुन। मुझे कुछ और बातें याद आ गई हैं। तेरे पास जो नीला फल है उसे खाने पर तुझमें गायब होने की क्षमता आ जाएगी। लेकिन गायब होने के पहले एक शब्द कहना होगा। वह शब्द है—'फक्का।' इसे कहते ही तू गायब हो जाएगा। दुबारा जब तू अपनी शक्ल में वापस लौटना चाहेगा तो तुझे कहना होगा—'टक्का।' मेरी बात समझ गया?"

"हाँ, समझ गया।" मन-ही-मन कन्हाई ने कहा।

"ठीक है, अब एक और बात कहता हूँ। वह भी अचानक याद आ गई। रूपसा के राजा ने अपने बेटे को महल के छत के कोनेवाले कमरे में कैद कर रखा है। पिता के बदले जब तक राजकुमार गद्दी पर नहीं बैठता तब तक रूपसा का भला नहीं होनेवाला। सुखनाई बीमारी से पूरा राज्य तबाह हो जाएगा। राजा को सात साल पहले एक सौदागर ने एक लाख सोने की मुहरों के बदले एक पन्ना बेचा था। वह पन्ना राजा के गले के हार में जड़ा है। उस पन्ने में जादू है, वही सारे अनर्थ की जड़ है। समझ गया?"

कन्हाई समझ तो गया, मगर चाँदनी का पत्ता उसे कैसे मिलेगा, इस बारे में जगाई बाबा ने कुछ नहीं बताया।

सीप से फिर आवाज आई।

"चाँदनी को पाने में बड़ा खतरा है, मगर उसका भी रास्ता है।"

"कैसा रास्ता?"

"यह याद नहीं पड़ रहा है," जगाई बाबा बोले, "याद आने पर बताऊँगा।"

बस, बात खत्म। कन्हाई को सीप से समुद्र की आवाज सुनाई देने लगी। उसने सीप को फिर से अपनी टेंट में खोंस लिया।

पहरेदार मुस्तैदी से पहरा दे रहा था। वह एक छोर से टहलते हुए दूसरे छोर तक चला जाता था, बाहर के दोनों ही छोर कन्हाई को नजर नहीं आते थे। बाईं तरफ एक बार पहरेदार के ओझल होते ही टेंट से उस नीले फल को बाहर निकालकर कन्हाई ने झट से मुँह में डाल लिया। इसके बाद पहरेदार के दाईं ओर ओझल होते ही कन्हाई ने फटाफट कहा, 'फक्का।'

पहरेदार लौटते वक्त उस कोठरी को देखकर चौंक गया। उसका टहलना बन्द हो गया।

उसने पहले सींखचों के फाँक से अन्दर झाँका। यह कोना, वह कोना, हर कोना उसने ठीक से देख लिया।

इसके बाद मशाल को सींखचों के भीतर डालकर फिर से देखा।

फिर मशाल रखकर चाबी से फाटक खोलकर बड़ी सावधानी से भीतर घुसा। उस वक्त उसकी आँखों में हैरानी देखने लायक थी।

कन्हाई को इस मौके की प्रतीक्षा थी। उस पहरेदार को पूरी तरह से भीतर घुसने का मौका देकर वह झट से उसके बगल से होकर खुले फाटक से बाहर निकल गया।

बिना कोई अवसर किए दोनों पहरेदारों के ऐन सामने से होकर

कन्हाई एक घुमावदार सीढ़ी के पास पहुँचा।

उस सीढ़ी से वह ऊपर चढ़ने लगा। उसने सोचा, यह सीढ़ी जरूर छत पर जाती होगी।

हाँ, कन्हाई का अनुमान गलत नहीं था। सीढ़ियों से होकर वह एक दरवाजे के सामने पहुँचा। उस दरवाजे को पार करते ही कन्हाई ने देखा वह वाकई छत पर पहुँच गया था।

वह छत काफी बड़ी थी। उसके एक कोने में एक कमरा बना था जिसमें एक खिड़की भी थी। उस खिड़की से एक धीमी रोशनी नजर आ रही थी। उस कमरे के दरवाजे पर एक पहरेदार सिर झुकाए बैठा था।

अदृश्य कन्हाई पहरेदार की ओर बढ़ गया। उसने जैसा सोचा था वैसा ही था; वह पहरेदार मुँह खोलकर सो रहा था। उसकी नाक से घर्र-घर्र की आवाज निकल रही थी।

कमरे के दरवाजे पर एक बड़ा ताला लटक रहा था। शायद उसी की चाबी पहरेदार की कमर में खुँसी हुई थी।

कन्हाई ने बड़ी सावधानी से उस चाबी को पहरेदार को बिना जगाए उसकी कमर से निकाल लिया। उसके बाद उसे ताले में डालकर झटके से घुमाते ही ताला खट से खुल गया। उसकी तकदीर अच्छी थी कि इस आवाज से भी पहरेदार की नींद नहीं टूटी।

इस बार दरवाजा खोलकर अदृश्य कन्हाई कमरे के भीतर घुसा। कमरे में एक दीया जल रहा था, और एक खटिए पर हैरानी से देखते हुए उसकी उम्र का एक सुन्दर लड़का बैठा था। कमरे का दरवाजा खुलने पर किसी को न देख पाने से राजकुमार बड़ा हैरान था। यह भी क्या जादू था?

दरवाजे को बिना आहट किए बन्द कर कन्हाई ने इस बार खटिए की ओर मुँह करके बड़े धीरे से कहा, 'टक्का।' और तभी उसे देखकर राजकुमार ने चौंकते हुए फुसफुसाकर उससे पूछा, "कौन हो तुम? क्या कोई जादूगर हो?"

दोनों फुसफुसाकर बातें कर रहे थे। हालाँकि पहरेदार इस तरह खर्राटे लेकर सो रहा था कि लगता था बिजली गिरने से भी उसकी नींद नहीं टूटेगी।

कन्हाई ने राजकुमार को सारी बातें खुलकर बता दीं। राजकुमार ने कहा, "पेड़ की बात तुम कह जरूर रहे हो, लेकिन वह पेड़ तुम्हें मिलेगा कैसे? वह इतनी आसानी से मिलेगा, ऐसा नहीं लगता।"

"वह कैसे मिलेगा, मैं नहीं जानता," कन्हाई ने कहा, "मगर पेड़ के पत्ते मुझे हर हाल में चाहिए। सिर्फ अपने पिता के लिए ही नहीं, तुम्हारे शहर के कपड़ों के कारीगर महामारी की चपेट में हैं, उन्हें भी ये चाहिए। कम-से-कम उस पेड़ पर हजार पत्ते तो होंगे ही, उससे हजार लोगों की जिन्दगी बच जाएगी।"

राजकुमार ने कहा, "मैं भी उन्हें बचाना चाहता हूँ। मैंने पिता जी से यह बात कही थी। इसी बात से उन्होंने मुझे कैद करने का हुक्म दे दिया। पिता जी अपने अलावा और किसी का भला नहीं चाहते। अपनी भलाई यानी खजाने में जितना ज्यादा रुपया आता रहे, उतना अच्छा। धर्म-कर्म में उनकी कोई रुचि नहीं है, प्रजा की भलाई की बात वे सोचते नहीं, मैं जो उनका अपना बेटा हूँ, मेरे प्रति भी उनमें मोह-ममता कुछ नहीं है।"

कन्हाई ने कहा, "अच्छा, तुम्हारे पिता जी के गले के हार में एक जादुई पन्ना जड़ा हुआ है न?"

"हाँ! सात साल पहले एक सौदागर ने उसे बेचा था। तभी से पिता जी कभी बीमार नहीं पड़े। पिता जी का अत्याचार भी दिनोंदिन बढ़ता गया। यहाँ के जुलाहे उन्हें गद्दी से हटाने की कोशिश कर रहे थे। शायद वे अपने काम में सफल हो जाते, लेकिन उन्हीं दिनों सुखनाई की महामारी चारों ओर फैल गई।"

कन्हाई ने कुछ सोचकर कहा, "अच्छा, जरा एक बात बताओ। महाराज के आराम करने का कमरा किस तरफ है? मैं तो चाहने पर गायब

हो सकता हूँ। अगर मैं उनके गले से वह हार निकालकर ले आऊँ?"

राजकुमार ने गम्भीरता से सिर हिलाया।

"पिता जी के सोने वाला कमरा राजमहल के भीतरी ओर है। लेकिन उनके दरवाजे पर पहरेदार के अलावा भी एक भयानक खतरनाक कुत्ता पहरा देता रहता है। वह भले ही तुम्हें न देख पाए पर उसे तुम्हारी गन्ध मिल जाएगी और वह भूँकना शुरू कर देगा। नहीं, इस तरह बात नहीं बनेगी। कोई और उपाय सोचना होगा। जो भी करना है दिन के वक्त करना पड़ेगा।"

कन्हाई कुछ देर चुप रहकर सोचकर बोला, "तुम्हें भी अब यहाँ से भागना चाहिए। मैं जब यहाँ आ गया हूँ तो तुम्हें अब कैद में रहने की जरूरत क्या है? राजमहल के अलावा तुम्हारे रहने की कोई और जगह है?"

"हाँ है!" राजकुमार ने कहा, "उन जुलाहों में मेरा एक दोस्त है, जिसका नाम गोपाल है। विधवा माँ के अलावा उसका और कोई नहीं है। मैं तीन साल का था तब मेरी माँ मर गई थी। गोपाल की माँ को मैं अपनी माँ जैसा ही मानता हूँ। पिता जी मुझे गोपाल से मिलने नहीं देते, मगर जब भी मैं उसके पास जाऊँगा तो वह मुझे निराश नहीं करेगा।"

"क्या उसके यहाँ हम दोनों रह सकते हैं?"

"क्यों नहीं। हम तीनों एक कमरे में चटाई बिछाकर लेटे रहेंगे। मुझे इसकी आदत है।"

"तब चलो, इस वक्त यहाँ से भाग लें।"

"लेकिन फाटक में सख्त पहरा है?"

"वहाँ के पहरेदार हमारा कुछ नहीं बिगाड़ सकते। तुम्हें पीठ पर बिठाकर मैं आँधी की तरह निकल जाऊँगा। कोई हमें छू भी नहीं पाएगा।"

"सच कहते हो?"

"एकदम सच!"

"लेकिन दोस्त, तुम्हारा नाम क्या है?"

"मेरा नाम कन्हाई है।"

"मेरा नाम किशोर है।"

"तो फिर अब चलें। घुमावदार सीढ़ियों से होकर नीचे उतरते हैं।"

"ठीक है। सीढ़ी से उतरते ही दरवाजा खोलने पर हम बाग में पहुँच जाएँगे।"

"वहीं से मैं सीधे दौड़ लगाऊँगा।"

गोपाल का घर ताँतीपाड़ा के आखिरी छोर पर था। वहाँ सुखनाई रोग का प्रकोप अभी तक नहीं पहुँचा था। मगर वह कभी भी पहुँच सकता था। गोपाल की माँ ने वही बात सोचकर कन्हाई और किशोर से कहा, "मेरे यहाँ रहने की विपत्ति तो तुम जानते ही हो। यह देखकर भी तुम तीनों एक साथ रहना चाहते हो?"

तीनों ने सिर हिलाकर कहा, "हाँ, हम यही चाहते हैं।" तभी कन्हाई ने कहा, "आप बिलकुल चिन्ता मत कीजिए। सुखनाई रोग की दवा महल में है। उसे जैसे भी हो, मैं वहाँ से ले आऊँगा। फिर सारे लोग ठीक हो जाएँगे।"

लेकिन मुँह से कहना कुछ और है, करना कुछ और।

तीन दिन बीत गए मगर काम जरा भी आगे नहीं बढ़ा। अब बस दो दिनों तक कन्हाई का बाप जिन्दा रहनेवाला था, फिर सब खत्म। इधर सीप से भी कोई आवाज नहीं आई थी। जगाई बाबा इस वक्त मौन क्यों साधे थे?

इस बीच अवश्य और काफी कुछ घट चुका था। कन्हाई और राजकुमार दोनों ही के कैद से भाग जाने के बाद राजमहल में हड़बड़ी मच गई थी। किसी की समझ में नहीं आया, ऐसा कैसे हुआ? जो दो पहरेदार पहरे पर थे, उन दोनों को सूली पर चढ़ा दिया गया था। कन्हाई और किशोर को पकड़ने के लिए सैकड़ों सिपाही सारे राज्य में फैल गए। गोपाल जुलाहे के साथ राजकुमार की दोस्ती के बारे में राजा जानते थे, इसलिए गोपाल के यहाँ भी सिपाही पहुँचे थे। उसी समय कन्हाई ने बड़ी चतुराई से 'फक्का' कहकर गायब हो जाने के बाद सिपाही के हाथों से

उसका भाला छीनकर उसे उसकी टाँगों में फँसाकर गिरा दिया। सिपाही इस अनहोनी से ऐसा घबरा गया कि वहाँ से सिर पर पैर रखकर भागा।

उसके बाद गोपाल के यहाँ कोई नहीं आया।

आज और सब्र न कर पाने के कारण कन्हाई ने किशोर से कहा, "भाई, वह जादू का पन्ना तो अब महाराज के गले से निकालना ही पड़ेगा। अब समय नहीं रह गया।" उसने क्षणभर चुप रहने के बाद पूछा, "तुम्हारे पिता कब अकेले रहते हैं, उनके पास जाने का मौका कब मिल सकता है?"

किशोर ने कहा, "जादुई पन्ना मिल जाने से ही सारी समस्या खत्म हो जाएगी, ऐसा मत सोचो। बल्कि बात बनने से ज्यादा बिगड़ भी सकती है, पिता जी का गुस्सा आसमान पर चढ़ सकता है।"

कन्हाई ने कहा, "कोशिश करने में हर्ज क्या है! तुम जरा सोचकर बताओ।"

कुछ पल आँख मूँदे रहने के बाद राजकुमार ने कहा, "एक बात याद आ रही है।"

"क्या?"

"पिता जी रोज सूर्योदय के समय राजमहल के भीतर बने सरोवर में नहाने जाते हैं। उस समय उनके करीब कोई पहरेदार नहीं रहता। पिता जी उस वक्त अकेले होते हैं।"

"फिर क्या है," कन्हाई ने कहा, "यही तो मौका है। कल सुबह मैं राजमहल में अदृश्य होकर जाऊँगा। देखूँ, तुम्हारे पिता जी के सरोवर में नहाने के वक्त कुछ किया जा सकता है कि नहीं।"

अगले दिन सूरज निकलने के पहले ही कन्हाई 'फक्का' कहकर अदृश्य होकर आँधी की गति से राजमहल में जाकर सरोवर के सफेद पत्थरों के घाट के करीब एक बबूल के पेड़ के नीचे खड़ा हो गया। पूरब में कमल जैसी लाली छा गई थी पर सूरज अभी निकला नहीं था।

लेकिन कुछ देर में सूर्योदय होने के साथ ही खट-खट की आवाज

से कन्हाई समझ गया कि राजा खड़ाऊँ पहनकर घाट की ओर आ रहे हैं।

राजा आते हुए नजर आए। वे नंगे बदन थे। उनके पहनावे में सिर्फ धोती और कन्धे पर रेशमी दुपट्टा था। दुपट्टे को घाट के चबूतरे पर रखकर राजा खड़ाऊँ खोलकर सीढ़ियों की ओर बढ़े। गले के हार के पन्ने पर सूरज की रोशनी पड़ने से लग रहा था जैसे उसमें से आग निकल रही हो।

अब राजा पानी में उतरे। कन्हाई भी घाट की सीढ़ियों की ओर बढ़ गया। इसके बाद धीरे-धीरे वह भी पानी में उतरकर राजा से सात हाथ दूर गले-भर पानी में खड़े होकर इन्तजार करने लगा।

राजा ने डुबकी लगाई, कन्हाई ने भी डुबकी लगाकर तैरते हुए आगे बढ़कर पलक झपकते ही राजा के गले से हार खोल लिया, फिर गहराई में गोता लगाकर सरोवर के उस पार पहुँचकर बाहर निकला।

इस बीच राजा परेशान होकर पानी में अपना हार ढूँढ़ रहे थे। उन्होंने पहरेदारों को जोर से हाँक लगाई।

पहरेदार भागे-भागे आए। पूछने लगे—"क्या हुआ महाराज?"

"यह उस शैतान राघव बोआल (बड़ी उम्र की खास नर मछली) का काम है। मेरे गले से हार खोल ले गया। खबर कर दे। जरूरत पड़ने पर सरोवर का पानी बाहर निकालना पड़ेगा। मुझे जैसे भी हो वह हार चाहिए।"

इस बीच अदृश्य कन्हाई अपनी मुट्ठी में हार लेकर राजमहल से निकलकर भागते हुए पलक झपकते ही गोपाल के यहाँ जा पहुँचा। फिर 'टेक्का' कहकर वापस अपनी सूरत में लौटकर राजकुमार को दिखा दिया कि उसने अपना काम कर लिया है।

लेकिन इस घटना के बाद से राजा में कोई बदलाव आया कि नहीं इसे कैसे जाना आ सकता था?

कन्हाई को ही इसका हल सूझा। उसने कहा, "मैं कल अदृश्य होकर राजसभा में चला जाऊँगा। वहाँ राजा के हाव-भाव को देख आऊँगा।"

ऐसा ही तय हुआ। अगले दिन कन्हाई राजसभा में जाकर हाजिर हो गया।

सभी सभासद वहाँ पहुँच गए थे लेकिन राजा अभी तक नहीं आए थे।

कन्हाई पीछे एक कोने में खामोश खड़ा इधर-उधर देखने लगा।

काफी देर इन्तजार करने के बाद राजा राजसभा में दाखिल हुए।

लेकिन राजा के चेहरे पर आज पहले जैसी बात नहीं थी। आँखों में वही शैतानी दृष्टि थी लेकिन होठों के कोने पर व्यंग्यभरी मुस्कराहट के बदले तीव्र गुस्सा था।

राजा सिंहासन पर बैठकर लाल-लाल आँखों से चारों तरफ नजर डालकर बोले, "मेरे राज्य में एक महा शैतान जादूगर घुस आया है। वह खुद कैदखाने से पहरेदार की आँखों में धूल झोंककर भाग गया है। मेरे बेटे को भी कैद से छुड़ाकर ले गया है, इतना ही नहीं, उसने मेरे गले से मेरा प्रिय हार भी चुरा लिया है। पिछले दिन भोर में सरोवर में डुबकी लगाते समय यह घटना घटी थी। मैंने इसे बोआल मछली का कारनामा समझा था लेकिन सरोवर के पानी को निकालकर उस बोआल मछली को पकड़कर भी वह हार नहीं मिला। आज से मैं और दस गुना निर्दयी हो जाऊँगा। जब तक वह जादूगर और राजकुमार मिल नहीं जाते तब तक हाट-बाजार सब बन्द रहेगा। लोग अगर भूखों मरते हैं तो मरें, मेरी बला से।"

अपनी बातों से सबको आतंकित करके राजा सिंहासन से उठकर चले गए। बेचारा कन्हाई उदास हो गया। उस जादू के पन्ने को गले से निकालने के बाद तो बात और ज्यादा बिगड़ गई। अब क्या किया जाय?

कन्हाई गोपाल के यहाँ लौट आया।

उससे राजसभा की घटना सुनकर उन दोनों के भी चेहरे उतर गए। एक तो राज्य में महामारी फैली थी, उसपर राजा का ऐसा व्यवहार। इस तरह तो सारा राज्य मटियामेट हो जाएगा।

कन्हाई मन-ही-मन सोच रहा था, अब बस एक और दिन हाथ में

रह गया है। इस एक दिन में चाँदनी के पत्तों का जुगाड़ न होने पर वह हमेशा के लिए अपने पिता को खो देगा।

दूर से ढिंढोरा पीटने की आवाज आ रही थी। और उसके साथ घोषणा भी।

आज से बाजार में व्यापार रहेगा। उसके साथ यह भी घोषणा हो रही थी कि राजकुमार और जादूगर को जो पकड़ लाएगा उसे एक हजार सोने की मुहरें इनाम में दी जाएँगी।

ढिंढोरे की धम-धम आवाज और करीब आती जा रही थी। ताँतीपाड़ा में भी वही घोषणा होनेवाली थी।

इस डाँवाँडोल हालत में कन्हाई अचानक चौंक पड़ा।

उसका नाम लेकर कोई बहुत धीमे स्वर में पुकार रहा था।

उसने तुरन्त टेंट से उस सीप को निकालकर कान में लगाया। उसे जगाई बाबा की आवाज साफ सुनाई पड़ी—

"सुन कन्हाई, मन लगाकर काम की बात सुन। कल सुबह एक प्रहर में राजमहल के अन्दरवाले बगीचे के उत्तरपूर्व कोने में चले जाना। वहीं पर पानी से घिरे एक छोटे द्वीप में चाँदनी का पेड़ लगा हुआ है। उस पेड़ का तुझे उद्धार करना होगा।"

"किस तरह, जगाई बाबा?"

"वह तेरी बुद्धि और साहस से होगा। यह काम आसान नहीं है। समझ गया न!"

"समझ गया, लेकिन—"

"लेकिन क्या?"

"पीले फल के गुण के बारे में तो आपने बताया ही नहीं।"

"अभी तक याद नहीं आया है। याद आने पर कहूँगा। पहले अपने बाप को बचाने का उपाय कर। उसकी हालत बहुत खराब है। मगर पत्ते का रस पीते ही वह चंगा हो जाएगा। ठीक है, अब आज की बात खत्म।"

जगाई बाबा के निर्देशानुसार कन्हाई सुबह में अदृश्य होकर बगीचे में पहुँच गया। इसके बाद बगीचे के उत्तरपूर्व कोने में जाकर उसने जो देखा, उससे उसकी आँखें फैल गईं। एक छोटे-से द्वीप में उस चाँदनी के पेड़ को लगा दिया गया था, लेकिन उस आदमी-भर ऊँचे पेड़ के तने से एक शंखचूर्ण साँप लिपटा हुआ था, जिसके एक बार डसने से ही आदमी तुरन्त स्वर्ग सिधार सकता था। उस द्वीप के चारों तरफ पाँच हाथ चौड़ी खाई थी, जिसमें पाँच-सात मगरमच्छ घूम रहे थे। कन्हाई जब वहाँ पहुँचा तो उसने देखा कि एक आदमी उन मगरमच्छों को मेढक उछालकर खिला रहा था।

खाना खत्म होने के बाद कन्हाई दुर्गा माई का नाम लेकर काम में लग गया। आज आखिरी दिन था। आज उसे जैसे भी हो चाँदनी के पत्ते जुगाड़ करने ही थे।

बगीचे के एक तरफ चारदीवारी के किनारे कुछ बाँस पड़े हुए थे। अदृश्य कन्हाई ने वहाँ से दो बाँस उठाकर उन्हें उस खाई पर इस तरह रख दिया, जिसपर से होकर वह उस द्वीप तक पहुँच सके। इस तरह उसने एक पुल बना लिया। अब उन मगरमच्छों से उसे कोई खतरा नहीं था।

लेकिन उस साँप को कैसे हटाया जाय?

उसके लिए कोई हथियार जरूरी था।

कन्हाई ने बगीचे के फाटक पर जाकर देखा, वहाँ ढाल-तलवार लेकर एक सिपाही पहरा दे रहा था। अदृश्य कन्हाई ने उसके हाथ की तलवार झटके से खींच ली। उस अचकचाए हुए सिपाही को वह वहीं छोड़कर हाथों में तलवार लेकर बाँस के पुल से होकर द्वीप पर पहुँच गया और एक ही वार में उस साँप की गर्दन उड़ा दी। फिर तलवार को खाई के पानी में फेंककर उसने झटके से जड़ सहित चाँदनी के पेड़ को उखाड़ लिया। इसके बाद पुल पार करके आँधी के वेग से गोपाल के यहाँ पहुँचा।

फिर 'टक्का' कहकर अपनी असली सूरत में वापस आ गया।

गोपाल ने कन्हाई के हाथ में उस पेड़ को देखकर कहा, "चलो, सभी के यहाँ इसके पत्ते बाँट आएँ।"

"ऐसा ही करो!" कन्हाई ने कहा, "मगर इसका एक पत्ता पहले मैं तोड़ लेता हूँ। शाम होते न होते मैं वापस लौट आऊँगा। आज आखिरी दिन है, इस वक्त नहीं पहुँचूँगा तो अपने पिता को बचा नहीं पाऊँगा।"

तीर के वेग से देखते-देखते कन्हाई नन्दीग्राम में अपने घर में पहुँच गया। उसके पिता बिस्तर पर पड़े हुए थे, उनके दुबले शरीर की एक-एक हड्डी गिनी जा सकती थी।

"कन्हाई, तू आ गया?" उसे देखकर उसके पिता बलराम कृषक के गले से किसी तरह आवाज निकली।

अपने घर पहुँचकर कन्हाई पत्ते का रस निकालने में जुट गया। बैंगनी पत्ते का बैंगनी रस।

"यह लो पिता जी, इसे पी लो।"

किसी तरह गर्दन उठाकर रस पी लेने के बाद बलराम के गले से एक तृप्ति की आवाज निकली। वह फिर तकिये पर सिर रखकर लेट गया। कुछ क्षण बाद ही उसके होठों पर हँसी छा गई। उसने कहा, "अब बड़ा आराम महसूस कर रहा हूँ कन्हाई! तूने मुझे मरते-मरते बचा लिया।"

कन्हाई ने अपने पिता से कहा, कि उसे एक बार रूपसा जाना होगा, वहाँ का हाल जानना जरूरी है। काम खत्म होते ही वह यहाँ लौट आएगा।

"ठीक है, जा।" बलराम ने कहा, "मगर जाने से पहले कुछ फल और एक कटोरा दूध मेरे पास रख जाना। लगता है जल्दी ही भूख लगेगी।"

कन्हाई पिता के आदेश का पालन करने के बाद रूपसा पहुँचा।

इस बीच शहर का चेहरा ही बदल गया था। ताँतीपाड़ा के हर घर में लोगों को हँसते-मुस्कराते देखता हुआ कन्हाई गोपाल के यहाँ पहुँचा। किशोर भी वहीं था, मगर वह बहुत उदास नजर आया।

"क्या बात है किशोर?" कन्हाई ने पूछा।

"मैं अपने पिता जी के बारे में सोच रहा हूँ," किशोर ने कहा, "वे भी बीमार हो गए हैं।"

"यह क्या कह रहे हो? तुम्हें कैसे पता चला?"

"ढिंढोरची ढिंढोरा पीटकर बता गया कि राजा बीमार हैं। वे मुझसे मिलना चाहते हैं। मैं जहाँ भी हूँ, तुरन्त जाकर उनसे मिलूँ।"

"उन्हें क्या रोग हुआ है?" कन्हाई ने पूछा।

"सुखनाई। कपड़े के कारीगरों को जो बीमारी थी, तुम्हारे पिता की जो बीमारी थी, मेरे पिता को भी वही बीमारी हुई है। और उसकी एकमात्र दवा इस समय हम लोगों के पास ही है।"

"तो ठीक है," कन्हाई ने कहा, "वह दवा अपने पिता जी को पिला दो, मगर एक शर्त के साथ।"

"कैसी शर्त?"

"यही कि स्वस्थ होते ही वे राजपाट छोड़कर तीरथ करने चले जाएँ। उनकी जगह अब तुम राजगद्दी पर बैठोगे।"

"मेरे मन में भी यही बात थी।" किशोर ने कहा।

"एक बात कहूँ?" अचानक गोपाल ताँती बोल उठा।

"जरूर कहो।" किशोर ने कहा।

"तुम राजा बनने के बाद मुझे एक नया करघा बनवा दोगे? इस वक्त जो करघा मेरे पास है वह मेरे दादाजी के जमाने का है। उससे अच्छी बुनाई नहीं हो पाती।"

"जरूर बनवा दूँगा!" किशोर ने कहा, "तुम इस राज्य के सर्वश्रेष्ठ बुनकर बनोगे। तुम्हारे हाथ के बने कपड़े पहनकर ही मैं सिंहासन पर बैठूँगा।" इसके बाद कन्हाई की ओर मुड़कर बोला, "चलो, चलकर पिता जी से मिल आएँ।"

कन्हाई की पीठ पर सवार होकर क्षण-भर में किशोर राजमहल के

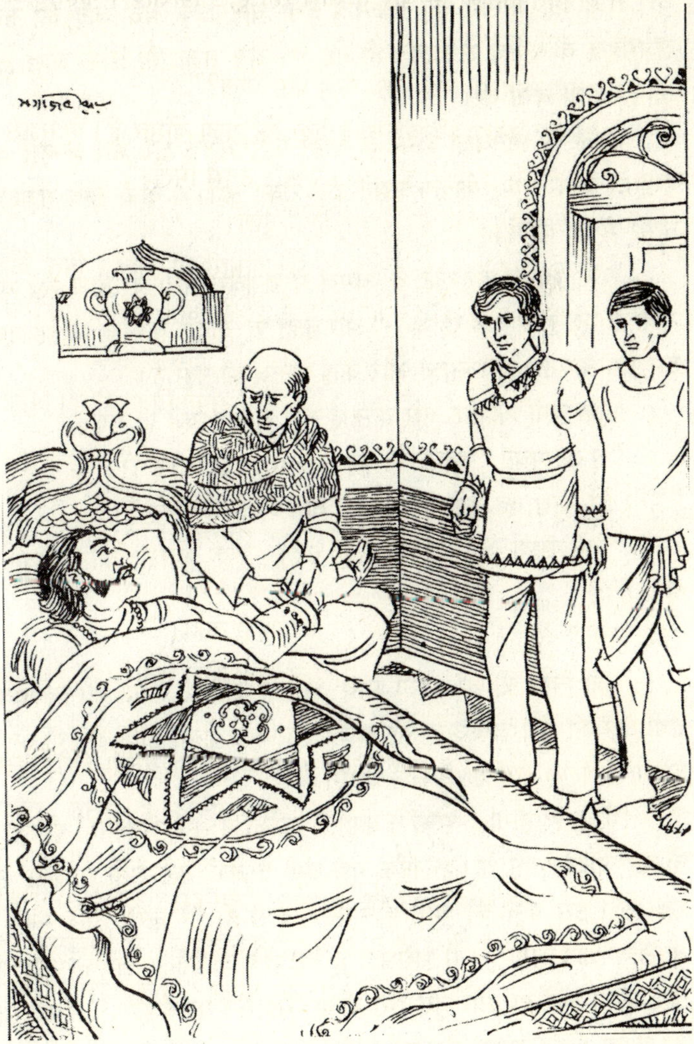

अन्दर महल में पहुँच गया। राजमहल में चारों तरफ शोक का वातावरण था। राजा की बीमारी की एकमात्र दवा चाँदनी के पत्ते जादू की तरह राजमहल वे बगीचे से गायब हो गए थे। अब राजा की सिर्फ बीस दिन की ही आयु बची थी।

राजा के सोनेवाले कमरे के बाहर पहरेदार किशोर और कन्हाई को देखकर चौंक गया, लेकिन उसने उन्हें रोका नहीं। वे दोनों सीधे राजा के कमरे में जा पहुँचे।

राजा बिस्तर पर लेटे थे, बगल में राजवैद्य माथे पर हाथ रखे बैठे राजा के पूछने पर कह रहे थे—"और कहीं पर चाँदनी का पेड़ नहीं है तथा इस रोग का उसके अलावा और कोई इलाज भी नहीं है।"

ठीक तभी किशोर और कन्हाई वहाँ जाकर खड़े हो गए।

"तू आ गया!" अपने बेटे को देखकर कातर कण्ठ से राजा ने कहा, "मगर तेरे साथ यह क्यों है? यह तो वही शैतान जादूगर है।"

"नहीं पिता जी," किशोर ने कहा, "यह रूपसा का होनेवाला मंत्री है।"

"एँ!"

"जी पिता जी, मैं अपने साथ आपकी दवा भी लाया हूँ। यह दवा तभी आपको दूँगा जब आप यह वचन देंगे कि तबीयत ठीक होते ही आप हमेशा के लिए तीर्थ करने चले जाएँगे।"

"ऐसा ही होगा," राजा ने कहा, "असल में सारी शैतानियों की जड़ तो वह जादुई पन्ना था। हालाँकि मुझे उसी ने अभी तक रोगों से बचा भी रखा था। उस पन्ने की चोरी होने के बाद से ही मेरे शरीर और मन में बदलाव आने लगा है। मैं समझता हूँ कि मैंने कितनी गलती की थी। मैं तीर्थ करने जाऊँगा और तुम मेरी जगह सिंहासन पर बैठोगे। तुम रूपसा का खोया गौरव वापस ले आना। लोग धन्य-धन्य करेंगे।"

राजकुमार ने इस बार अपनी मुट्ठी खोल दी। उसमें चाँदनी के

बैंगनी पत्ते रखे थे। उसकी सुगन्ध से राजा का शयनकक्ष महकने लगा।

राजा एक ही दिन में ठीक हो गए।

तीन दिनों के बाद युवराज का अभिषेक हुआ। राजा ने खुद हाथ पकड़कर अपने बेटे को सिंहासन पर बिठाया। किशोर ने उस वक्त गोपाल के करघे के बुने कपड़े पहन रखे थे। राजा बनने के बाद किशोर ने कन्हाई को अपना मंत्री बनाया। इस बीच कन्हाई नन्दीग्राम जाकर अपने पिता को ले आया था। किशोर ने बलराम को रहने के लिए एक घर दे दिया था, उसके खाने-पीने का भी इन्तजाम कर दिया था।

चारों तरफ शंख बज रहे थे। शहनाईवादक शहनाई बजा रहे थे। इन सबके बीच मंत्री की गद्दी पर बैठे हुए कन्हाई को जगाई बाबा की आवाज सुनाई पड़ी—

"कन्हाई! कन्हाई! कन्हाई!"

कन्हाई ने राजसभा में सबके सामने ही टेंट से सीप बाहर निकालकर अपने कान से लगा लिया। जगाई बाबा की खनखनाती आवाज उसे सुनाई दी—

"तेरी हिम्मत का जवाब नहीं, ऐसी विद्या-बुद्धि लेकर तू रूपसा के मंत्री के आसन पर बैठा है?"

'क्या करूँ जगाई बाबा!' कन्हाई ने मन-ही-मन कहा, 'मैं क्या अपनी इच्छा से बैठा हूँ? इन्हीं लोगों ने मुझे बिठा दिया है।'

"खैर, अब सुन!" जगाई बाबा ने कहा, "अब जाकर याद आया है। वह पीला फल अभी भी तेरे पास है न?"

"हाँ, हाँ है।"

"अब उसे खा ले। उसे खाने पर तेरी विद्या-बुद्धि हजार गुना बढ़ जाएगी। मंत्री का काम किस प्रकार होता है, राजा को किस तरह की सलाह देनी पड़ती है, देश का भला किस प्रकार हो सकता है, दुष्टों का दमन, भले लोगों का पालन किसे कहते हैं, सब समझ जाएगा। तब फिर

तू भी उस पद के लायक हो जाएगा। कोई यह नहीं कहेगा कि तू बौना होकर चाँद को छूने की कोशिश कर रहा है। समझ गया?"

"समझ गया जगाई बाबा, समझ गया।"

"ठीक है, अब बात खत्म करता हूँ।"

सीप से फिर समुद्र के गरजने की आवाज सुनाई दी।

कन्हाई ने सीप को पहले की तरह अपनी टेंट में खोंसकर उस पीले फल को अपने मुँह में रख लिया।

## रतन और लक्ष्मी

**ठीक** कब से रतन बेहद खुश है, इसे वही जानता है। दस दिन पहले चैत संक्रान्ति थी। रतन का घर सिमुली में है। वहाँ से चार कोस दूर उजलपुर में संक्रान्ति के दिन बहुत बड़ा मेला लगता था। रतन उस मेले में गया था। वहाँ वह एक बाँसुरी खरीदना चाहता था। उसके पीछे भी एक कारण था। रतन को गाने का बड़ा शौक था। वह कोई भी गाना दो बार सुन लेता तो ठीक वैसा ही वह भी सुना सकता था। वह बाँसुरी भी बजाता था लेकिन उसके पास कोई अच्छी बाँसुरी नहीं थी। मेले की भीड़भाड़ में एक जगह तरह-तरह के बाजे बिक रहे थे, उनमें बाँसुरियाँ भी थीं। रतन उनमें से दो-चार बाँसुरी लेकर उन्हें बजाकर देख रहा था कि तभी चारों तरफ अचानक एक शोर सुनाई दिया।

उजलपुर की राजकुमारी लक्ष्मी पालकी में सवार होकर मेला देखने आई थी। यूँ तो राजकुमारियाँ

राजमहल के जनानखाने से बाहर नहीं निकलतीं, कोई बाहरी आदमी उनकी झलक भी नहीं देख पाता। लेकिन लक्ष्मी वैसी लड़की नहीं थी। उसने बहुत पहले से ही अपने माता-पिता से कह रखा था कि संक्रान्ति का मेला लगनेवाला है, मैं उसे देखने जरूर जाऊँगी। मैं इस तरह पर्दे में नहीं रह सकती। लोगों की मुझपर नजर पड़े तो इसमें नुकसान क्या है? वे भी इनसान हैं, मैं भी हूँ। और वे तो मुझे खा नहीं लेंगे। मैं पालकी में जाऊँगी। मुझे कृष्णनगर के मिट्टी के खिलौने बहुत पसन्द हैं, उन्हें मैं खुद पसन्द करके खरीदना चाहती हूँ। तुम लोगों का कोई इनकार मैं नहीं सुनूँगी। चूँकि लक्ष्मी इकलौती बेटी थी, इसीलिए उसकी कोई भी बात उसके माता-पिता टाल नहीं पाते थे। उन्होंने हामी भर दी।

संयोग की बात, बाजे की दुकान और खिलौनों की दुकान, दोनों अलग-बगल थीं। रतन ने एक बाँसुरी लेकर एक खूबसूरत धुन छेड़ी ही थी कि ऐसे समय शोर सुनकर उसने मुड़कर देखा तो अचानक राजकुमारी पर उसकी नजर पड़ गई। उसने सिर्फ देखा ही नहीं, बल्कि दोनों की नजरें भी टकरा गईं। राजकुमारी सोलह साल की हो चुकी थी और रतन भी उन्नीस साल का था। रतन देखने में सुन्दर था। वह गाँव के ब्राह्मण पुरोहित का अकेला लड़का था। पाँच परिवारों की यजमानी में हरिनारायण पंडित का किसी तरह गुजारा हो जाता था लेकिन उनकी पत्नी ने इस हाल में भी रतन को बड़े जतन से पाला था। इसीलिए रतन के चेहरे पर गरीबी के कोई लक्षण नहीं थे।

राजकुमारी लक्ष्मी से आँखें चार होते ही रतन का मन खुशी से भर गया। उसने इतनी सुन्दर लड़की पहले कभी नहीं देखी थी। आहा, उसे अगर वह अपना गाना सुना पाता तो कितना अच्छा होता।

हालाँकि नजरें मिलते ही राजकुमारी ने अपना मुँह मोड़ लिया था मगर इससे क्या होता है! राजकुमारी को वह बुरा नहीं लगा था इसे

रतन समझ गया था। उसे और क्या चाहिए था। वह एक के बजाय तीन बाँसुरी खरीदकर घर लौटा। उसने अपने पिता से कह दिया था कि वह पुरोहिती के बजाय गाने-बजाने में ही अपना जीवन बिताएगा। उसके पिता ने उससे दो-एक बार उसकी शादी की बात भी चलाई थी जिसपर रतन मौन रहा था। अगर अब वे शादी की बात छेड़ेंगे तो वह कह देगा कि उजलपुर की राजकुमारी जैसी किसी सुन्दर लड़की से ही वह शादी करेगा, अन्यथा नहीं।

आज रविवार था। दोपहर का वक्त था। रतन सुबह दो घंटे तक बाँसुरी बजाने का अभ्यास करने के बाद गोपीनाथ किरानेवाले की दुकान पर गया था। घर लौटने पर उसने एक जटाजूटधारी संन्यासी को अपने घर के सामने खड़े देखा। संन्यासी की आँखें लाल-लाल थीं। उनके गले में चार बड़ी-बड़ी रुद्राक्ष की मालाएँ थीं। हाथ में चिमटा और कमण्डल था। रतन को देखकर बाबा जी ने हाथ उठाकर आशीर्वाद देते हुए कहा, "मैं चाँदपुर से आ रहा हूँ, अभी मुझे तीन कोस और जाना है। अच्छा, तुम लोग तो ब्राह्मण हो न?"

"जी हाँ।"

"जरा मेरे पीने के लिए लोटा-भर पानी तो ले आओ।"

"जरूर, आप विराजिए।"

रतन ने झटपट बाबा जी के लिए चबूतरे पर आसन बिछा दिया। फिर अन्दर पानी लाने चला गया। माँ सुनकर बोली, "सिर्फ पानी क्यों? अतिथि आए हैं, पीठा बना है, पानी के साथ दो पीठे भी दे दे।"

असल में बाबा जी का चेहरा, खासकर गुड़हल के फूल की तरह लाल आँखें, रतन को अच्छी नहीं लगीं। इसीलिए माँ की बात सुनकर उसने कहा, "अब पीठे देने की क्या जरूरत है? जब पानी माँगा है तो वही पिला देता हूँ।"

उसकी माँ ने उसे डाँटते हुए कहा, "पता है, अतिथि-सेवा में जितना पुण्य मिलता है, उतना और किसी में नहीं मिलता। जो कहती हूँ, वही कर।"

रतन को न चाहते हुए भी पानी के साथ तश्तरी में पीठे लेकर बाबा जी को ले जाकर देना पड़ा। बाबा जी दो कौर में दोनों पीठे डकारकर गट-गट कर पूरा लोटा पानी पीकर बोले, "आह, जान में जान आई।"

यह कहकर बड़े इत्मीनान से अपनी टाँगें आगे की ओर पसारकर बाबा जी बोले, "तेरा नाम रतन है न!"

"जी हाँ।"

रतन समझ गया, बाबा जी ऐसे-वैसे आदमी नहीं हैं, उन्हें गणना करनी आती है। इसके बावजूद रतन के मन में बाबा जी के प्रति सम्मान नहीं जागा। उनका उस तरह पैर पसारना भी रतन को पसन्द नहीं आया। सोचा, क्या दोपहर यहीं बिताने का इरादा है?

"तो बेटा रतन, जरा मेरे पैर दबा दे। अभी मुझे काफी दूर जाना है।"

रतन को इसकी उम्मीद नहीं थी। उसे बाबा जी का अनुरोध पसन्द नहीं आया।

उसे चुपचाप खड़े देखकर बाबा जी ने फिर कहा, "जरा पदसेवा कर! तुझे पुण्य मिलेगा। इस तरह मुँह बाये क्यों खड़ा है?"

रतन का चेहरा अचानक कठोर हो गया। ये कितने ही बड़े साधु क्यों न हों वह परवाह नहीं करता। वह इनके पैर नहीं दबाएगा। पैदल चलने के कारण इनके पैर धूल और कीचड़ से कितने गन्दे लग रहे हैं।

उसने सिर हिलाकर कहा, "बाबा जी, मुझे माफ कीजिएगा। मैं अपने पिता जी के अलावा और किसी के पैर नहीं दबा सकता।"

बाबा जी ने अपने फैले पाँवों को समेट लिया। रतन ने देखा उनकी आँखें जैसे भट्ठी की तरह जल उठीं।

"क्या कहा? एक बार फिर कह।"

रतन ने दोहरा दिया। इस बार और साफ-साफ। उसका डर खत्म हो गया था।

कितना बड़ा साधु क्यों न हो, क्या कर लेगा? यह कोई दुर्वासा मुनि तो नहीं हैं कि श्राप दे देंगे।

"पता है मैं कौन हूँ?" इस बार बाबा जी ने पूछा।

रतन कुछ नहीं बोला।

"तेरा क्या हाल कर सकता हूँ, तुझे पता है?" बाबा जी ने कहा, "तेरा भविष्य मेरी मुट्ठी में है। मैं त्रिपुलानन्द तान्त्रिक हूँ। मैं त्रिकालज्ञ हूँ। मेरे तेज से चराचर भस्म हो जाता है। मुझे अपमानित करने की तेरी हिम्मत कैसे हुई?"

रतन इस बार भी चुप रहा। वह भी टकटकी लगाकर बाबा जी को देख रहा था। उसका दिल तेजी से धड़कने रहा था। बाबा जी उसका क्या बिगाड़ सकते हैं? एक इनसान एक दूसरे इनसान का क्या बिगाड़ सकता है?

लेकिन बाबा जी कोई आम इनसान नहीं थे, यह भला रतन कैसे जान सकता था?

बाबा जी ने कहा, "आज अमावस्या है। आज सायाह्न बाद तू मनुष्य नहीं रहेगा। तू राक्षस बन जाएगा। तेरा आकार तिगुना बढ़ जाएगा। अब तू सभ्य समाज में रह नहीं पाएगा। जंगली जानवरों को खाकर तू अपनी भूख मिटाएगा। मेरे चरण दबाकर तेरा भला ही होता। उसमें जब तुझे इतनी आपत्ति है तो फिर तुझे जरा दण्ड मिलना ही चाहिए। अब मैं चलता हूँ।"

बाबा जी अपना चिमटा-कमण्डल लेकर उठ खड़े हुए। रतन बिलकुल घबरा गया था। उसकी समझ में नहीं आ रहा था कि वह क्या

करे! हाँ, एक रास्ता है। नरहरि ताऊ के पास चला जाऊँ। सायाह्न माने कब? सूरज डूबने के पहले तो नहीं? इसका मतलब अभी तीन घंटे का समय हाथ में है।

बाबा जी 'बम भोलानाथ' कहकर चले गए।

जब वे कुछ दूर चले गए तब रतन दौड़ते हुए नरहरि ज्योतिषी के यहाँ पहुँचा।

"क्या बात है रतना? ऐसे असमय में? क्या हुआ?"

"बड़ी विपत्ति में पड़कर आपके पास आया हूँ नरहरि ताऊ!"

"कैसी विपत्ति?"

"इसे अभी साफ-साफ कहना मुश्किल है। आप जरा गणना करके बताएँ कि मेरे आनेवाले कुछ दिन कैसे होंगे?"

रतन के मधुर स्वभाव और उसके संगीत के कारण गाँव के लोग उसे बहुत प्यार करते थे। नरहरि ज्योतिषी वैसे तो थोड़े चिड़चिड़े मिजाज के थे, लेकिन रतन को उस तरह बौखलाए देखकर उसका अनुरोध वे टाल नहीं पाए।

"रुक, देखता हूँ। तेरी कुण्डली तो मैंने ही बनाई थी, है न?"

"जी हाँ।"

"कर्क राशि, कृष्ण पक्ष...हूँ..."

नरहरि ज्योतिषी ने कागज पर कुछ देर कटकूट की, इसके बाद अचानक बहुत गम्भीर होकर रतन की ओर देखकर बोले, "अरे यह तो महासंकट है! तेरे ऊपर तो शनि की दृष्टि पड़ी है। आनेवाले कुछ दिन तो बड़े खराब हैं तेरे लिए।"

"मगर उसके बाद?" रतन के मुँह से किसी तरह यह बात निकली।

नरहरि ज्योतिषी कुछ दूर सामने नक्शे की ओर भौंहें सिकोड़ कर देखते रहे। फिर उनके होठों पर मुसकान उभरी। उनके मुँह से तीन बार

'वाह!' निकला फिर बोले, "दु:ख के बादल छँट जाएँगे। शानि हटकर बृहस्पति उच्च हो जाएगा। तुझे फिर कोई कष्ट, अभाव नहीं रहेगा। सब खत्म हो जाएगा।"

"मगर ऐसा कितने दिनों के बाद होगा, नरहरि ताऊ?"

"ज्यादा दिन नहीं, ज्यादा दिन नहीं। बस एक पखवाड़े तक। आज अमावस्या है। पूर्णिमा के दिन देखना, बादल छँट जाएँगे। समझ गया?"

रतन की समझ में बात आ गई।

समय बीत रहा था। सूरज सिर के ऊपर से पश्चिम की ओर ढलता जा रहा था, इसीलिए रतन से रहा नहीं गया। नरहरि ताऊ से बात और स्पष्ट करके जान लेना अच्छा होता, मगर इसका उपाय नहीं था। मगर मोटे तौर पर जो जानना था उसने जान लिया था। उसे कुछ दिनों के लिए घर छोड़कर चले जाना होगा। अपने अभिशाप की बात वह माता-पिता को बताना नहीं चाहता था। फिर जब तकदीर बदलेगी तब वह घर लौटेगा।

घर लौटकर रतन ने देखा उसके पिता भी लौट आए थे। अपने माता-पिता दोनों को साथ देखकर रतन ने कहा, उसे दो सप्ताह के लिए नारायनपुर जाना पड़ रहा है। वहाँ एक नामी गायक आए हैं, उसकी यही कोशिश रहेगी कि उनसे कुछ सीखने को मिल जाए।

अपने बेटे के गाने के नशे को माता-पिता दोनों ही जानते थे। इसीलिए इस मामले में उसे रोकना बेकार था। इसलिए न चाहते हुए भी दोनों को राजी होना पड़ा। रतन लाठी के छोर पर एक गठरी बाँधकर निकल पड़ा।

गाँव के पश्चिमी छोर पर झलसी का जंगल था। उसे पार करने के बाद दिगनगर था। उस जंगल में रतन एक ही बार गया था क्योंकि वहाँ पर ढेर सारे जानवर रहते थे। करीब तीन सौ साल पहले झलसी

एक सम्पन्न शहर था। तब उसका नाम आजिनगढ़ था। उस आजिनगढ़ के किले के खंडहर को देखने के लिए ही रतन अपने दो साथियों—सुबल और मुकुन्द के साथ वहाँ गया था। वह किला तो बहुत बड़ा था, लेकिन उसकी हालत बड़ी खराब थी। साँप-बिच्छुओं के डर के मारे कोई उसके अन्दर नहीं जाता था। रतन ने तय किया कि इन कुछ दिनों तक वह वहीं रहेगा। लोगों से छिपने के लिए उसे एक ठिकाना चाहिए था।

रतन ने जंगल के किनारे जाकर एक छोटी नदी से अँजुरी में पानी लेकर पिया। उसे काफी दूर चलना पड़ा था इसलिए उसे बड़ी प्यास लगी थी। अभी भी सूरज डूबने में घंटे-भर की देर थी। जब बाबा जी का अभिशाप सचमुच फल जाएगा, तभी वह उस किले में जाएगा। नहीं तो थोड़ी देर इन्तजार करके फिर से घर लौट जाएगा, कह देगा, उस्ताद जी शिष्य बनाने को तैयार नहीं हुए, इसी से वह वापस चला आया। लेकिन रतन को लग रहा था कि बाबा जी की बात जरूर फलेगी; क्योंकि इस बीच उसके शरीर में कई लक्षण नजर आने लगे थे। उसकी हड्डियों में न जाने कैसा खिंचाव महसूस हो रहा था। उसकी गठरी में चिवड़ा बँधा था, जिसे खाने की उसकी इच्छा खत्म हो गई थी। हालाँकि उसे भूख लगने लगी थी मगर वह भूख किसी और भोजन की थी।

जंगल में धीरे-धीरे अँधेरा घिरने लगा था। सूरज अब दूर के पेड़-पौधों के ठीक सिर पर उतर आया था। रतन ने अपने हाथ-पैरों की ओर देखा। इतने सारे बाल तो उसके शरीर पर कभी नहीं थे।

उसके नाखून भी इतने तेज नहीं थे।

सामने से एक सूअर आ रहा था। दँतैल जंगली सूअर। जंगल से निकलकर एक खुली जगह में आकर वह उसे टकटकी लगाए देख रहा था।

रतन आँवले के पेड़ के नीचे खड़ा था। पेड़ की डाल उसके सिर के लगभग दस हाथ ऊपर थी। अचानक रतन को लगा डाल क्रमश: उसके करीब आती जा रही है।

वह सूअर अभी तक खड़ा था। रतन की ओर देखकर वह दबे स्वर में गुर्राया। इसके बाद पलटकर भाग खड़ा हुआ।

रतन ने देखा कि उसका सिर आँवले के पेड़ की डाल से भी ऊपर उठ गया है। उसे अपना चेहरा तो नहीं दिखा लेकिन गालों पर हाथ रखकर उसने देखा वहाँ भी बाल उग आए थे।

इस बार रतन लम्बे-लम्बे डग भरता हुआ जंगल से होकर आजिनगढ़ के किले की ओर रवाना हुआ।

सिमुली के लोगों को रामदास लकड़हारे के जरिये पता चला कि आजिनगढ़ के किले में एक राक्षस आकर रह रहा है। रामदास झलसी के जंगल में लकड़ी काटने गया था। वह दिन में ही वहाँ गया था जिससे बाघ-भालुओं के चंगुल में वह न फँसे। किले के पास पहुँचकर किसी बारह हाथ ऊँचे दो पैरों वाले प्राणी को देखकर वह वहाँ से भागा। उस प्राणी का सारा बदन बालों से भरा था, हाथ-पैरों के नाखून काफी बड़े थे, उसके मुँह के दोनों तरफ दो जानवरों जैसे नुकीले दाँत बाहर निकले हुए थे। आँखें लाल थीं और सिर पर उलझे हुए बड़े-बड़े बाल थे।

रामदास से यह सब सुनने के बाद फिर कोई झलसी के जंगल के आसपास भी नहीं फटकता था। उस दानव के डर से सारा सिमुली गाँव काँपने लगा; हालाँकि यह भी सही था कि उस राक्षस ने अभी तक किसी आदमी को नुकसान नहीं पहुँचाया था।

रतन का मन अभी तक पहले जैसा ही था। यहाँ तक कि उसके

गले की आवाज भी नहीं बदली थी। बस उसका चेहरा और भूख बदल गई थी। जंगल में फल-फूल की कमी नहीं थी लेकिन रतन की भूख जानवर का कच्चा मांस खाए बिना नहीं मिटती थी। उसकी ताकत भी इनसानों से कई गुना बढ़ गई थी। वह अपने दोनों हाथों से किसी भी जानवर की गर्दन मरोड़ सकता था। इसके बाद अपने तीखे और मजबूत दाँतों से उस जानवर का मांस चबाने में दिक्कत नहीं होती थी। उसकी देखने-सुनने और सूँघने की क्षमता असम्भव रूप से बढ़ गई थी। जंगल में कोई शेर कितने ही दबे पाँव चलता लेकिन रतन को उसकी आहट मिल ही जाती। उसे सौ हाथ दूर से किसी जानवर की गन्ध मिल जाती, जिसके बाद वह चुपके से उसका पीछा करने लगता। एक बार रतन को एक तालाब के पानी में अपनी परछाईं नजर आई थी, जिसे देखकर वह खुद ही डर गया था। यही कारण था जानवर उसे देखकर डर से भागते थे। रतन को इसीलिए उन्हें आँधी की गति से दौड़कर पकड़ना पड़ता था।

रात में खाना-पीना खत्म करके अकेले उस किले के खंडहर में बैठे-बैठे उसे सबसे ज्यादा उजलपुर की राजकुमारी लक्ष्मी की याद आती थी। संक्रान्ति के मेले में देखे उस मुस्कराते चेहरे को याद करके उसे गाने की इच्छा होने लगती। यह भी आश्चर्य की बात थी कि राक्षस बन जाने के बाद भी उसके गले की मिठास बनी हुई थी। लेकिन इससे क्या हुआ, उसे पता था कि अब वह कभी राजकुमारी के करीब भी नहीं फटक सकता, मनुष्य बन जाए तब भी नहीं। गरीब ब्राह्मण का लड़का होकर राजकुमारी की बात सोचने से क्या लाभ! उसके लिए कितने राजकुमार थे, जल्दी ही किसी-न-किसी राजकुमार से उसकी शादी हो जाएगी।

तभी उसे नरहरि ताऊ की बातें याद आ जातीं। उसकी तकदीर पलटेगी मगर किस तरह? अचानक क्या वह इतना अमीर हो जाएगा कि उसे किसी चीज की कमी नहीं रहेगी? किसी राज्य का राजा तो वह नहीं बन सकता, तो फिर नरहरि ताऊ के कहने का मतलब क्या था? ताऊ तो अब काफी बूढ़े हो गए थे, कहीं उनसे गणना में तो कोई चूक नहीं हुई होगी?

दस दिनों में जंगल के सारे जानवरों को खत्म करके रतन अब दिगनगर की ओर रवाना हुआ। दिगनगर के पश्चिम में झलसी से सटे जंगल ने शहर को तीन तरफ से घेर रखा था। रतन को उस जंगल का नाम नहीं मालूम था लेकिन वहाँ काफी जानवर थे। उस जंगल में वहाँ के राजा शिकार करने आते थे, रतन यह बात जानता था। काफी देर तक चलने के कारण रतन को तेज भूख लग आई थी। इसीलिए शेर की गन्ध पाकर वह दबे कदमों से उधर ही बढ़ने लगा था। पेड़-पौधों के बीच से उसे वह शेर नजर भी आ गया। लेकिन उसकी ओर बढ़ते ही उसने देखा अचानक एक तीर आकर शेर को लगते ही वह छटपटाकर मर गया। उसके बाद घोड़े के टापों की आवाज सुनकर रतन एक सागौन पेड़ की आड़ में छिपने ही जा रहा था कि उसपर उस घोड़े के सवार की नजर पड़ गई। उसके कपड़ों से लगता था वह राजकुमार होगा। वह शिकार करने निकला था। राजकुमार उस जैसे विशाल राक्षस को देखकर अचकचा गया। हालाँकि रतन इस बात से चकित भी था कि राजपुत्र उसे देखकर जरा भी नहीं डरा।

"क्या तुम ही झलसी के जंगल के राक्षस हो?" राजकुमार ने पूछा।

"हाँ।" रतन ने भी पूछा, "तुम कौन हो?"

"मैं चन्द्रसेन हूँ। दिगनगर का राजकुमार।" फिर थोड़े आश्चर्य से पूछा, "मगर तुम तो बिलकुल इनसानों की तरह बात कर रहे हो।"

"इसका कारण है कि मैं भी असल में इनसान हूँ," रतन ने कहा, "एक संन्यासी के अभिशाप से मैं राक्षस बन गया हूँ। मुझे देखकर तुम्हें डर नहीं लग रहा है?"

"बिलकुल नहीं। तुम तो इनसानों को मारकर खाते नहीं, फिर क्यों डरूँ?"

"मगर मैं जानवरों को खाता हूँ। मैंने इस शेर को खाने की बात सोची थी, मगर इसे तुमने मार दिया।"

"मैंने मारा तो क्या हुआ? मैंने आज काफी शिकार किए हैं। अब शाम होनेवाली है, अब मैं लौटूँगा। शेर को तुम्हीं खाओ।"

"तुम क्या अकेले ही शिकार करते हो?" रतन ने आश्चर्य से पूछा।

"हाँ, पहले लोगों को साथ लेकर करता था, अब अकेले ही करता हूँ। मुझे डर नहीं लगता। हाँ, तुम्हारा तो कोई नाम भी जरूर होगा?"

"हाँ। मनुष्य के रूप में मेरा नाम रतन था। इस वक्त मैं राक्षस हूँ, इसलिए वह नाम अब बेकार है।"

"तुम क्या अब इस जंगल में ही रहोगे?"

"जब तक भोजन मिलता रहेगा, रहूँगा।"

"तो फिर तुमसे फिर भेंट हो सकती है। मैं कल नहीं आऊँगा, कल मुझे उजलपुर जाना है।"

उजलपुर का नाम सुनते ही रतन चौंक गया।

"क्यों? वहाँ क्या है?"

"वहाँ पर डम्बरी पहाड़ की गुफा में एक दानव आकर रहने लगा है। वह लोगों को खाता है। उसे मारने के लिए उजलपुर के राजा ने

ढिंढोरा पिटवाया है। मैं भी वहाँ जाकर उसे मारने की कोशिश करना चाहता हूँ।"

चन्द्रसेन चला गया। राजकुमार का स्वभाव रतन को अच्छा लगा। लेकिन उजलपुर के दानव के बारे में सुनकर रतन अनमना हो गया। नरभक्षी दानव। चन्द्रसेन उसे मारने जाएगा। क्या वह सफल होगा?

अगले दिन सुबह से ही रतन का मन उजलपुर जाने के लिए छटपटाने लगा। एक तो वहीं राजकुमारी लक्ष्मी रहती थी, उसपर उसके राज्य में ऐसा संकट आ पड़ा था, एक नरभक्षी दानव ने वहाँ आतंक मचा रखा था। उजलपुर में जरूर कोई उसे मार नहीं पाया होगा तभी तो ढिंढोरा पिटवाया गया था। दानव को मारनेवाले को राजा क्या कोई इनाम देगा? चन्द्रसेन ने तो इस बारे में कुछ नहीं बताया।

रतन फिर सोच-विचार करके जंगल से होता हुआ उजलपुर की ओर चल पड़ा। वह जगह वहाँ से दो कोस से ज्यादा दूर नहीं होगी। सुबह ही उसने एक जंगली सुअर खाकर सफर के लिए अपने को तैयार कर लिया था। चन्द्रसेन के लिए उसे चिन्ता भी होने लगी थी। जानवरों का शिकार करना और किसी दानव को मारना एक बात नहीं है।

आधे घंटे में ही रतन डम्बरी पहाड़ के पास पहुँच गया। पहाड़ के चारों तरफ घना जंगल था। उस जंगल से आगे बढ़ने पर पहाड़ में एक जगह रतन को बहुत बड़ी गुफा नजर आई। क्या यही उस दानव की गुफा थी? हाँ वही थी क्योंकि अपनी तेज नजरों से उसने उस गुफा के बाहर बिखरी मनुष्यों की हड्डियों को देख लिया था।

रतन एक बरगद के पेड़ की आड़ में छिपकर इन्तजार करने लगा।

कुछ देर बाद ही उसके कानों में किसी घोड़े के टापों की हल्की-सी आवाज आई।

हाँ, रतन ने ठीक ही सुना था। उसे एक के बजाय कई घोड़े नजर

आए। मगर एक के अलावा बाकी सब एक जगह आकर रुक गए। उनपर बल्लमधारी सैनिक बैठे थे। और पहाड़ की ओर जो घोड़ा अकेले जा रहा था उसपर राजकुमार चन्द्रसेन बैठा था।

राजकुमार निडर होकर पहाड़ पर चढ़कर दानव की गुफा की ओर बढ़ने लगा। गुफा के मुहाने पर आकर उसने घोड़े को रोक दिया। अब राजकुमार के सैनिकों ने नगाड़ा बजाकर राजकुमार के पहुँचने की सूचना दी। इस आवाज को सुनकर उस दानव को राजकुमार से मुकाबला करने के लिए बाहर आना ही पड़ेगा।

रतन को अब और इन्तजार नहीं करना पड़ा। नगाड़ा बजने की आवाज सुनकर दानव बड़े जोर से दहाड़ता हुआ वेग से गुफा से बाहर निकला। उसके पैरों की ठोकर से पहाड़ के कुछ बड़े-बड़े पत्थर जोर की आवाज से लुढ़कते हुए पहाड़ के नीचे जा गिरे।

वह दानव कितना बड़ा था, यह घोड़े की पीठ पर बैठे राजकुमार के सामने उसे खड़ा देखते ही समझ में आ गया। रतन को खतरे का आभास हो गया। चन्द्रसेन दानव पर बिजली की गति से तीरों की बौछार करने लगा लेकिन उनमें से कोई भी तीर दानव की छाती को भेद नहीं पाया। सारे तीर उसके शरीर से टकराकर जमीन पर चारों तरफ छिटककर गिर रहे थे।

दानव को जैसे इस बात से बड़ा मजा आ रहा था, कुछ इस भाव से वह सीना तानकर खड़ा रहा। इसके बाद एक हुंकार भरकर वह घोड़े की पीठ पर बैठे चन्द्रसेन पर टूट पड़ा।

रतन समझ गया कि अब चुपचाप खड़े रहने से काम नहीं चलेगा। वह ठीक मौके पर बरगद के पेड़ के पीछे से सामने आकर एक लम्बी छलाँग लगाकर पहाड़ पर चढ़कर दानव के पास पहुँच गया। दानव ने उस वक्त दोनों हाथों से घोड़े सहित चन्द्रसेन को लपेट रखा था। चन्द्रसेन भी

उस नागपाश से मुक्त होने के लिए छटपटा रहा था। ऐसे समय उस नए प्रतिद्वन्द्वी को देखकर उस दानव ने अचकचाकर घोड़े को छोड़ दिया। उसके बाद वह रतन की ओर झपटा।

लेकिन रतन का खाद्य जंगली जानवर थे और दानव का खाद्य मनुष्य; भला दानव उस राक्षस से कैसे जीतता। रतन ने दानव को दोनों हाथों से पकड़कर उसे अपने सिर के ऊपर उठा लिया। उस वक्त रतन को एहसास हुआ कि उसके बदन में कितनी ताकत है। अगले ही क्षण उसने उस दानव को एक बड़े चट्टान पर जोर से पटक दिया। दानव की जान भी बड़ी सख्त थी। वह फिर से खड़ा होकर रतन की ओर दौड़ा। रतन ने दोबारा उसे दोनों हाथों से पकड़कर अब पहले की तरह न पटककर सिर्फ जोर से दबाकर उसे मारने की कोशिश की।

वह दबाव कोई मामूली नहीं था। जैसे सैकड़ों अजगरों ने उसे कसकर लपेट लिया हो। उसकी आँखें निकलने को हो गईं। उसका मुँह खुल गया और जीभ बाहर लटक गई। रतन के दबाव से आखिर खुले मुँह के मार्ग से उसकी जान निकल गई। रतन ने अपने हाथों को जैसे ही ढीला किया, उस दानव की बेजान देह पहाड़ से लुढ़कती हुई नीचे जा गिरी।

तभी शोर सुनाई पड़ा। सैनिकों का शोर। उजलपुर में भी झलसी के जंगल के राक्षस की खबर पहुँच चुकी थी। अब उस राक्षस को वहाँ देखकर उजलपुर के सौ सैनिकों की टोली अपने भाले तानकर रतन की ओर झपटी।

इस बार दो बातें घटित हुईं—रतन ने किसी भी तरह का आक्रोश नहीं जताया। वह चुपचाप गुफा के सामने खड़ा रहा। और चन्द्रसेन ने सैनिकों की ओर हाथ उठाकर कहा, "यह राक्षस हो या जो भी हो, इसने मेरी जान बचाई है तथा इस दानव को मारा भी इसी ने है। मैं यह काम नहीं

कर पाता। लिहाजा, इसे तुम लोग राजमहल में ले जाओ। देखना, इसका कोई बाल भी बाँका न हो।"

सैनिकों को रतन से कोई दिक्कत ही नहीं हुई। वे उसे लेकर राजमहल की ओर चल पड़े। रतन ने भी कोई आपत्ति नहीं की।

राजमहल का कैदखाना रतन के लिए काफी छोटा था इसलिए उसको राजमहल के पीछे एक बरगद के पेड़ से काफी मोटी रस्सी से बाँधकर दस हथियारबन्द सिपाहियों के पहरे में रख दिया गया।

इस बार राजा खुद उस राक्षस को देखने आए। जंगली प्राणियों को खानेवाला कोई राक्षस इतना मासूम भी हो सकता है, राजा ने कभी सोचा भी नहीं था।

किसी और ने भी उसे महल की दुमंजिले की खिड़की से देखा। वह राजकुमारी लक्ष्मी थी। ऐसा भयानक शक्लवाला विशाल प्राणी उसके राज्य के उतने बड़े शत्रु को मार कर इस तरह निरीह भाव से बैठा रह सकता है, लक्ष्मी को यह बात अनोखी लगी। वह सचमुच राक्षस था या कोई और?

क्रमशः दिन बीतने के बाद रात आ गई। रतन इतना निरीह हो गया था कि सिपाही भी अपने काम में थोड़ी ढील देकर ऊँघने लगे थे। रतन को इस बात से कुछ लेना-देना नहीं था। वह सिर्फ किसी एक के प्यार पाने की आशा में वहाँ बैठा रहा। ऐसा चेहरा लेकर इस तरह सोचना बेमतलब था, इसके बावजूद रतन ने उम्मीद नहीं छोड़ी थी।

आसमान में चाँद को देखकर, राजमहल के बगीचे से फूलों की गन्ध पाकर रतन के मन में उदासी छा गई। चारों तरफ सन्नाटा छाया था। इन्हीं सबके बीच रतन के मन में गीत की एक पंक्ति गूँजी और अपने अनजाने ही वह उस गीत को गाने लगा। सिपाहियों में जो अभी सोये नहीं थे वे चकित होकर उस राक्षस को देखने लगे। यह राक्षस गाना भी गाता

है? और वह भी इतना सुरीला?

रात के सन्नाटे में वह गीत तैरता हुआ राजमहल के दुमंजिले के जनानखाने में पहुँचा। वहाँ सभी लोग नींद में डूबे थे, सिर्फ एक की आँखों में नींद नहीं थी। वह रेशमी तकिये पर सिर रखे जाग रही थी। वह थी राजकुमारी लक्ष्मी।

उस गीत की आवाज कानों में जाते ही लक्ष्मी चौंक गई। उस गीत ने उसे मुग्ध कर दिया। संक्रान्ति मेले में उस लड़के ने अपनी बाँसुरी से इसी की धुन तो बजाई थी। मगर यह कैसे सम्भव है?

इसके बाद राजकुमारी को उस घोषणा की याद आई। इन कुछ दिनों में उजलपुर के राजा की यह घोषणा हर राज्य में पहुँचा दी गई थी—'इस दानव को खत्म करनेवाले को आधा राज्य दिया जाएगा, साथ ही उससे राजकुमारी की शादी भी कर दी जाएगी।' इस राक्षस ने ही तो उस दानव को मारा था।

क्या यह सचमुच राक्षस है?

उधर रतन अपने गाने में मगन था। राजकुमारी लक्ष्मी की आँखों में नींद नहीं थी। उसके दिमाग में तरह-तरह की विचित्र चिन्ताएँ आ रही थीं। कल सुबह ही वह अपने पिता से मिलेगी। उसका मन कह रहा था—

नहीं, अभी भी मन कुछ नहीं कह रहा था लेकिन उसके दिमाग में सब कुछ उलट-पुलट हो गया था। वह इस रहस्य के बारे में कुछ समझ नहीं पा रही थी।

आखिरकार लक्ष्मी की आँख लग गई। उसने सपने में देखा कि वह राक्षस उससे कह रहा था—"तुम्हारे हाँ कहते ही मुझे इस दशा से मुक्ति मिल जाएगी। नहीं तो कोई उपाय नहीं है।"

अगले दिन सुबह लक्ष्मी ने अपने पिता को बुला भेजा। राजा अभी-

अभी नदी से नहाकर लौटे ही थे। उन्होंने आकर कहा, "क्या बात है बेटी!"

लक्ष्मी बोली, "मैं एक बार उस राक्षस से मिलना चाहती हूँ।"

"क्यों बेटी? ऐसी इच्छा तुम्हारे मन में क्यों पैदा हुई?"

"तुमने कहा था न जो दानव को मारेगा उसे तुम अपना आधा राज्य और अपनी बेटी दे दोगे। तुमने तो यह नहीं कहा था कि अगर वह राक्षस हो तो उसे नहीं दूँगा।"

"यह क्या पागलों जैसी बात कर रही हो तुम? एक राक्षस को अपना आधा राज्य और तुम्हें सौंप दूँ?"

"ऐसा ही तो होना चाहिए। उसने तो कोई अपराध नहीं किया है। बस वह देखने में ही कुरूप है। मैंने कल रात को उसे गाते हुए सुना है। ऐसा आश्चर्यजनक मधुर स्वर कम ही लोगों का होता है।"

"तुमने तो मुझे संकट में डाल दिया।"

"नहीं पिता जी, मैं उसी से शादी करूँगी। एक बार मुझे उसके पास ले चलो।"

"अगर वह तुम्हें कोई नुकसान पहुँचाए?"

"कुछ नहीं करेगा। मेरा दिल कहता है वह कोई नुकसान नहीं पहुँचाएगा।"

विवश होकर राजा अपनी बेटी लक्ष्मी को लेकर राक्षस के पास पहुँचे और वहाँ जाकर एक आश्चर्यजनक दृश्य देखने को मिला।

उसी वक्त पन्द्रह दिन खत्म हुए थे। आज पूर्णिमा थी। इसीलिए राक्षस के बदन से बाल गायब होते जा रहे थे। उसके नाखून छोटे होते जा रहे थे, और उसके सभी अंग छोटे होकर मनुष्य के आकार के होते जा रहे थे। और आश्चर्य, उस आदमी को लक्ष्मी भूली नहीं थी।

उसने संक्रान्ति के मेले में उसे देखा था। वह लक्ष्मी की ओर देखकर मुस्करा रहा था।

इस वक्त भी उसके होठों पर वही मुस्कराहट थी।

रतन उठ खड़ा हुआ। उसने कहा, "मेरा नाम रतन है।"

"और मेरा नाम लक्ष्मी।" राजकुमारी बोली।

"सुनो रतन!" राजा ने कहा, "मैंने वचन दिया है कि दानव को मारनेवाले को मैं अपना आधा राज्य दूँगा और अपनी बेटी की शादी भी उससे करूँगा।"

"मेरे लिए इससे अच्छी बात क्या होगी?" रतन ने कहा।

"लेकिन तुम्हारी ऐसी दशा किस तरह हुई?" राजकुमारी लक्ष्मी ने पूछा।

रतन हँसा। उसने कहा, "सब बताऊँगा, पहले मेरे लिए ढेर सारी मिठाई मँगवाओ, मुझे बड़ी भूख लगी है।"

❑❑❑